1931年，乐以琴离开华西协合中学前留影

说明：本书照片均由乐以琴亲属提供。

姓名	樂以琴	忠
年齡	二一歲	
籍貫	四川蘆山	
通訊處	四川蘆山縣上西街義豐全號	

至今保存在浙江省档案馆的乐以琴学籍档案

1933年，乐以琴在笕桥航校训练期间

乐以琴（左）和战友在浙江玉山机场

1934年,乐以琴(后排中)与教官高志航等人合影

1935年2月,从航校毕业后,乐以琴(前排左三)赴南昌途中

1937年春,乐以琴(前一)回家省亲,与家人合影

1937年10月,乐以琴(左二)赴兰州接收苏联援助的飞机

乐以琴(左)和战友在一起

乐以琴和他的战机"2204"

乐以琴（前排右二）和他的战友们

乐以琴（右）与叶浅予在《空军四勇士》漫画前合影

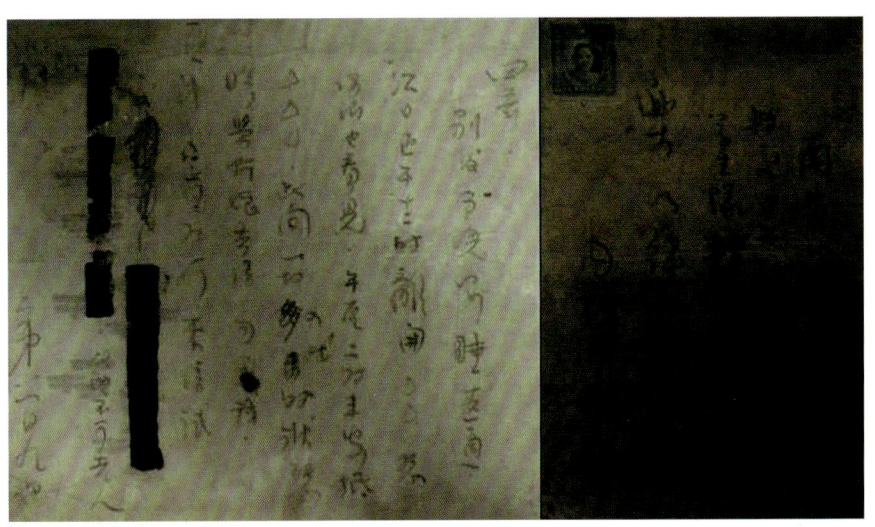

乐以琴给四哥的亲笔信

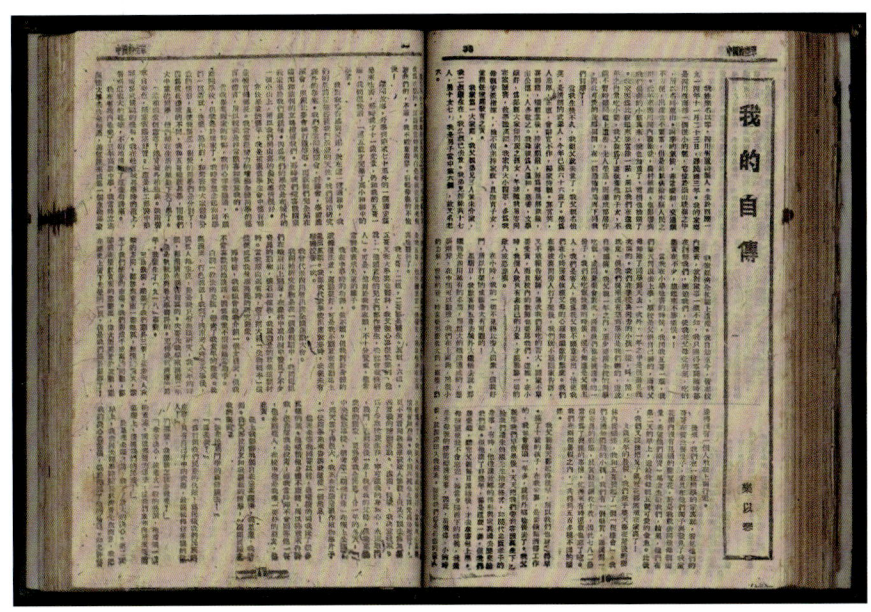

乐以琴《我的自传》

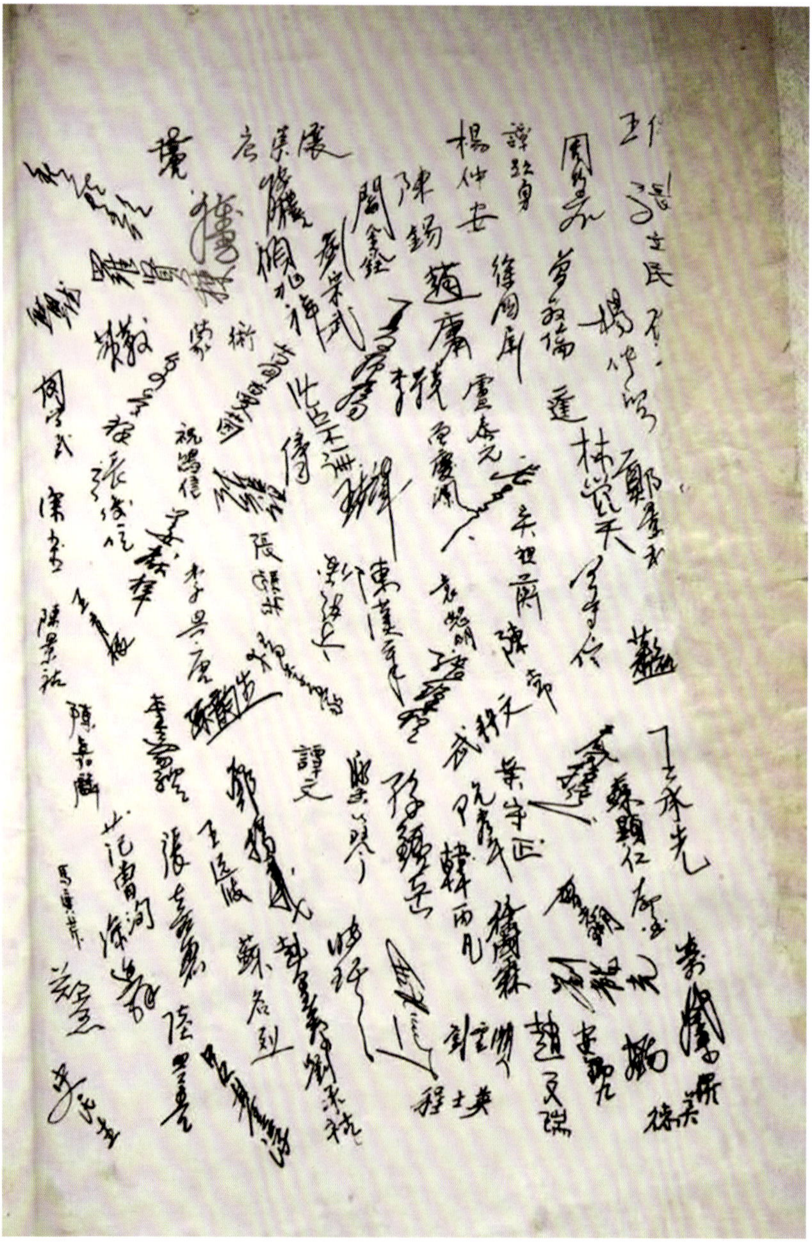

笕桥航校第三期部分学员签名

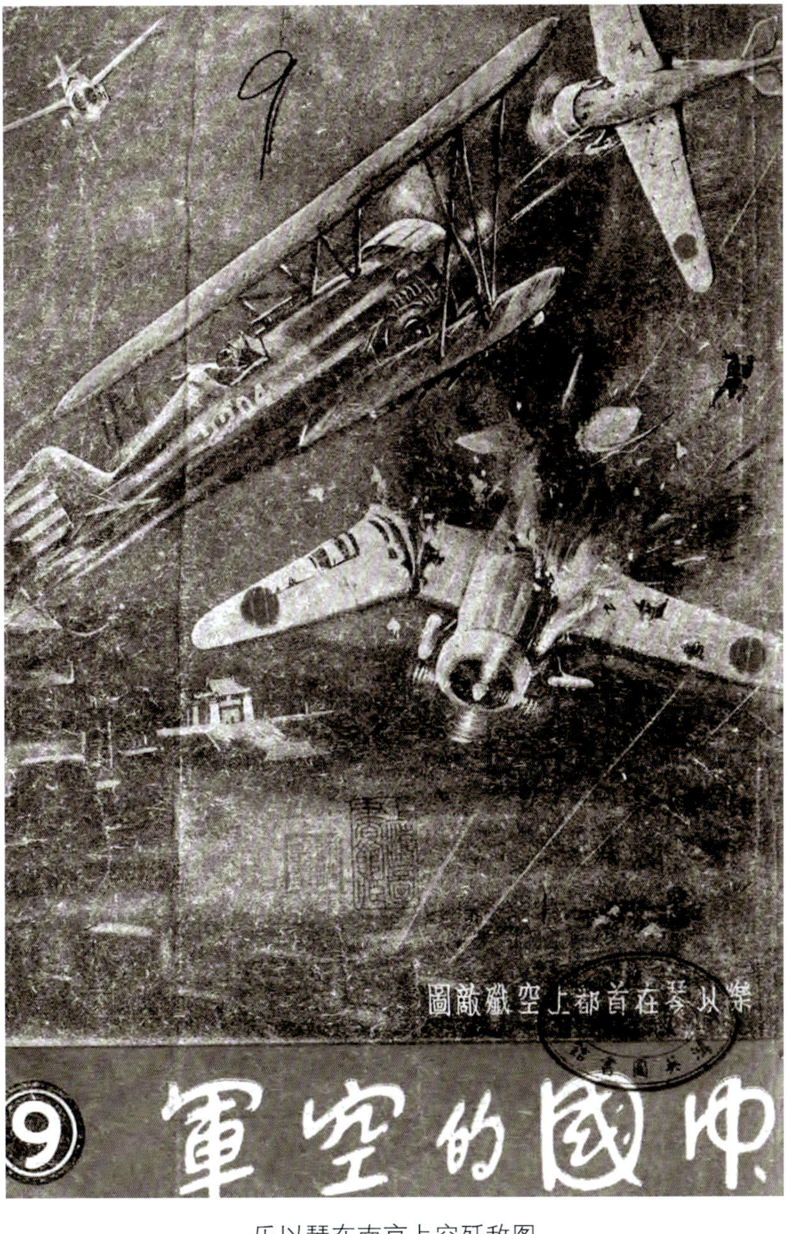

乐以琴在南京上空歼敌图

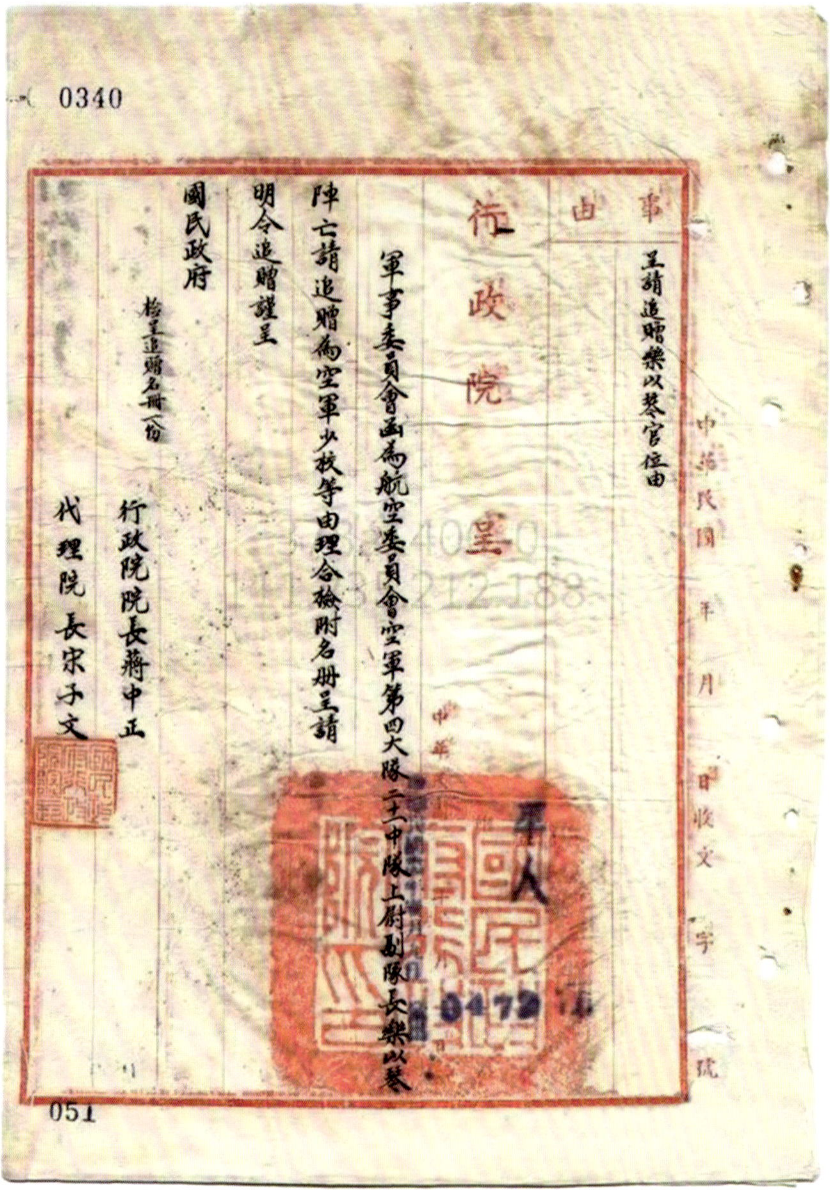

行政院 呈

事由: 呈請追贈樂以琴官位由

軍事委員會函為航空委員會空軍第四大隊二十二中隊上尉副隊長樂以琴陣亡請追贈為空軍少校等由理合檢附名冊呈請明令追贈謹呈

國民政府

檢呈追贈名冊一份

行政院院長蔣中正
代理院長宋子文

国民政府追赠乐以琴为少校军衔

《飞将军》印章 邓德业/刻

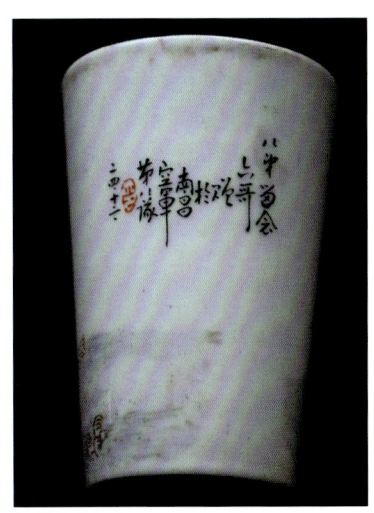

"烧瓷明志",乐以琴赠给家人的瓷器

"中华英烈之空军篇·抗日英雄谱"
乐以琴(瓷盘)

四川省人民政府

川府民政〔2006〕53号

四川省人民政府关于
同意追认乐以琴为革命烈士的批复

雅安市人民政府：

　　你市《关于追认乐以琴同志为革命烈士的请示》（雅府〔2006〕87号）悉。

　　乐以琴，男，汉族，四川省芦山县人，1914年出生。生前系原国民党空军第四大队上尉副队长。1937年12月3日在南京对日空战中牺牲。根据民政部《关于对辛亥革命、北伐战争、抗日战争中牺牲的国民党人和其他爱国人士追认为革命烈士问题的通知》（民〔1983〕优46号）的有关规定，四川省人民政府批准乐以琴为革命烈士。

　　此复。

二〇〇六年十一月二十九日

主题词：民政　烈士　批复
抄送：四川省民政厅
四川省人民政府办公厅　　　　　2006年11月29日印发

《四川省人民政府关于同意追认乐以琴为革命烈士的批复》

《鹰落南京》油画 丘小庆/绘

2021年春节期间，乐以篪的女儿乐进秋夫妇及其女儿、女婿参观笕桥航校旧址时留影

乐以琴烈士亲属乐近范女士（正中）向乐氏家风馆捐赠乐以琴烈士遗物

2016年8月31日,著名抗日英烈乐以琴铜像在四川省雅安市张家山公园内原明德中学楼前举行落成揭幕仪式。乐氏后人在揭幕仪式上合影留念

南京上空的孤鹰

高富华 著

成都时代出版社

图书在版编目（CIP）数据

南京上空的孤鹰 / 高富华著 . -- 成都：成都时代出版社 , 2025.8. -- ISBN 978-7-5464-3645-6

Ⅰ . I25

中国国家版本馆 CIP 数据核字第 2025T9Q191 号

南京上空的孤鹰
NANJING SHANGKONG DE GUYING

高富华 / 著

出 品 人	钟　江
责任编辑	张　巧
责任校对	阚朝阳
责任印制	江　黎　陈淑雨
装帧设计	成都九天众和

出版发行	成都时代出版社
电　　话	（028）86742352（编辑部）
	（028）86763285（图书发行）
印　　刷	成都日报锦观印务科技有限公司
规　　格	165mm×240mm
印　　张	16　彩插 1.25
字　　数	178 千
版　　次	2025 年 8 月第 1 版
印　　次	2025 年 8 月第 1 次印刷
书　　号	ISBN 978-7-5464-3645-6
定　　价	68.00 元

著作权所有·违者必究

本书若出现印装质量问题，请与工厂联系。电话：（028）85919288

2014年9月1日，为隆重纪念中国人民抗日战争暨世界反法西斯战争胜利69周年，经党中央、国务院批准，民政部发出公告，公布第一批300名著名抗日英烈和英雄群体名录。

公告指出，中国人民抗日战争，是中华民族历史上最伟大的卫国战争，是近代以来中国反抗外敌入侵第一次取得完全胜利的民族解放战争。自1931年九一八事变中国人民揭开局部抗战的序幕，到1945年抗日战争全面胜利，中国军民在面临亡国灭种威胁的危难关头，前赴后继、浴血奋战、英勇抵抗，以血肉之躯筑起了捍卫民族尊严的钢铁长城，用气吞山河的英雄气概谱写了惊天地、泣鬼神的壮丽史诗。无数英烈为挽救民族于危亡、实现民族独立和人民解放、维护世界和平与国际公平正义，舍生取义、壮烈牺牲，他们的英雄业绩永载史册，他们的崇高精神万古长青。

乐以琴（1914—1937），空军第四航空大队第二十二中队分队长，就名列其中。

将碧血，写忠烈

——为高富华《南京上空的孤鹰》作序

谭 楷

阅读高富华的《南京上空的孤鹰》书稿时，耳畔不断响起警报的尖啸声、战机的轰鸣声、炮弹的炸裂声、英雄飞行员的呐喊声……

在和平宁静的中国西部青衣江畔，在温情脉脉的雨城雅安，高富华坐在电脑前，心却穿行在抗战最前线，在燃烧的天空中飞翔。

这是一种真情的写作。

80多年的风风雨雨，历史已经化为碎片，高富华却固执地从古老的芦山县，从乐氏老屋出发，经成都、杭州、济南、南京，一路寻寻觅觅，不放过蛛丝马迹，将碎片小心翼翼地拼接

起来，终于为我们荡开迷雾，描绘出中国空军"四大天王"之一的年仅23岁，血洒长空，在南京保卫战中以身殉国的乐以琴的英雄形象。

在唐代诗人刘禹锡眼中，"巴山楚水凄凉地"。乐以琴出生于原西康省横断大山皱褶里的芦山县，按说这是落后之地，可是，芦山乐氏这一个耕读传家、重诗明礼的大家旺族，却创造了奇迹。三兄弟育有十七个子女，其中有十四个子女在成都华西协合大学等高校读书，并成为一代大家。其中就有被尊为"北有林巧稚，南有乐以成"、中国妇产科泰斗的乐以成教授。

抗日英烈乐以琴，正是乐以成的六弟，而乐以成，是乐以琴的二姐。

乐氏兄弟姐妹，都是浸润于中华优秀传统文化中成长起来的。

乐以琴在华西协合高级中学读书时，不仅品学兼优，还特别迷川剧，对岳飞、文天祥等英雄极为崇拜。抗日战争爆发后，几经周折，就读于齐鲁大学的乐以琴投笔从戎，终于在1933年春考入当时中国唯一的培养战机驾驶员的笕桥航校。

当年的笕桥航校，1700名学员，一进校门就将生死置之度外。校门口竖立的那一块石碑，上面的铭文就明白地告诉学员："我们的身体、飞机和炸弹，当与敌人兵舰阵地同归于尽！"

后来，1500多名毕业生壮烈牺牲，鲜血洒在神州的蓝天。

我们将那些在国家民族生死存亡的关键时刻，视死如归、不屈不挠的精神，称为"血性"。

对于中华民族而言，书写血性之书，有着历史的传承：屈原的《国殇》、司马迁的《报任安书》、文天祥的《正气歌》，直到近现代林觉民的《与妻书》、陈毅的《梅岭三章》，等等，读来都能让人感受到书写者滚烫的热血、强有力的心跳、宁折不弯的孤傲、让人景仰的忠魂。

高富华的《南京上空的孤鹰》，就是一部认真追缅先贤，实录血性、歌颂血性、呼唤血性之书。

也许，我们的生活"太美好"了；也许，我们离战乱与动荡太久远了……从荧屏到舞台，从文艺作品到现实生活，部分作品在不知不觉中弥散着一股嗲腔嗲调。

细细想来，是血性在悄悄地流失。

没有勇气怒斗流氓恶棍的人，还会有勇气去跟侵略者拼个

你死我活吗?

如果,当"中华民族到了最危险的时候"再次出现,我们需要建一百座笕桥航校之时,能不能有千千万万个高志航、乐以琴挺身而出,用肉血之躯"筑成我们新的长城"?

面对现实,《南京上空的孤鹰》,不仅是一部英雄的颂歌,更是一部呼唤血性的警世之作。

看到书中乐以琴写家书的情景,我想起田汉先生一生的呕心沥血之作——话剧《关汉卿》。戏到高潮处,是朱帘秀唱诵关汉卿的《双飞蝶》:

将碧血,

写忠烈!

化厉鬼,

除逆贼!

这血儿啊,

化作黄河扬子浪千叠,

长与英雄共魂魄!

……

一个民族的英雄故事,是传承宝贵"血性"的载体。

乐以琴的家书是"将碧血，写忠烈"，高富华的创作也是"将碧血，写忠烈"，从而为读者们奉献了一本传世好书。

感谢作者。

2025 年 6 月于成都

谭楷：作家，编审。《科幻世界》杂志社首任总编。著有报告文学多部，曾两次荣获全国精神文明建设"五个一工程"优秀图书奖。

目录

001 / 前言

005 / 上篇 雏鹰从崇山峻岭中起飞

009 / 乐家碉楼　在风雨中飘摇

016 / 有钱无势　有钱人家的烦恼

023 / 传教士来了　乐家开办了学堂

028 / 地球是圆的　一半是光明一半是黑暗

036 / 给我一张书桌　我可以改变世界

048 / 投笔从戎　乐以琴从成都跑到了上海

060 / 附一：乐以钟的乳名叫"寅生"

062 / 附二：回忆乐以琴

067 / 中篇　雄鹰在江南大地奋飞

070 /　　追寻足迹　追访出川抗战路

074 /　　在江南大地上　乐以琴的故事还在传颂

086 /　　中国空军　起步早发展慢

092 /　　笕桥航校　我来了

094 /　　刻苦求学　飞鹰在这里成长

106 /　　驻守南昌　烧瓷明志以身许国

122 /　　蛰伏的飞鹰　一飞冲天

127 /　　附一：乐以箎等人回忆乐以琴

131 /　　附二：山东医学院（原齐鲁大学）的回信

133 / 下篇　孤鹰在南京上空啸击

137 /　　一战成名　江南大地之钢盔

161 /　　再接再厉　成为中国首个王牌飞行员

170 /　　兰州接机　短暂而又紧张的休整

175 /　　血洒天野　南京上空的孤鹰

208 / 附一：王倬给胡冶钧的回信

213 / 附二：吴鼎臣给胡冶钧的回信

215 / 附三：王玉琨给胡冶钧的回信

216 / 附四：孙瑜给芦山县志编纂委员会的回信

217 / 附五：气壮山河的空军英雄乐以琴

226 / 附六：乐以琴生平简历

229 / 附七：芦山乐氏家谱

235 / 后记

前言

　　1937年7月7日"卢沟桥事变"爆发时,中国空军列编的9个大队和5个独立中队,装备各型飞机296架,不及日军的九分之一。

　　而此时,隶属于日本陆军和海军的军事飞行员近万人,日本陆军航空队约有飞机1480架,海军航空队约有飞机220架。

　　更可怕的是,日本工业基础较坚实,能够生产各类飞机和技术装备,作战损耗后能及时得到补充。而中国不能制造飞机,进口也受到封锁,打一架少一架,在这严酷的现实下,有一群人集体飞天赴死。

　　他们是天之骄子,拥有令无数人艳羡的一切,大多出身名门望族,一个个英武潇洒,前途无量!

　　为了抗击日本侵略者,却自愿成为人肉炮弹——

"我们的身体、飞机和炸弹,当与敌人兵舰阵地同归于尽!"

他们是中国第一代战斗机飞行员!

先后一共有1700人冲上天空,其中1500人一个一个变成墓碑上冰冷的名字。他们殉国时的平均年龄只有23岁……

哪有什么岁月静好,不过是有人负重前行。

乐以琴(1914—1937),就是这群天之骄子中的一员,他是中国首个王牌飞行员,在南京保卫战中,血洒长空,英勇殉国,年仅23周岁。

"王牌飞行员"这一称号最早出现在第一次世界大战,是对击落敌机超过5架的飞行员的荣称。

1937年的夏天,23岁的飞行员乐以琴在杭州、上海一带,以7天击落6架日军战机的惊人战绩,成为中国空军史上第一位王牌飞行员。

有"空中赵子龙""江南大地之钢盔"美誉的乐以琴,和中国空军第四大队大队长高志航,战友刘粹刚、李桂丹并称为中国空军所向披靡的"四大天王""空中四勇士"。

乐以琴,出生于四川省芦山县。

在乐家，不仅有乐以琴，还有一支"乐家军"。

"耕读传家久，诗书济世长。"乐家兄弟姐妹17人，14个成为大学生，他们大多毕业于华西协合大学，被称为"华西坝上的乐家军"。还有3人走上抗日战争最前线，"得遂凌云志，空际任回旋"，其中两人为空军，一人为远征军。

上篇

雏鹰从崇山峻岭中起飞

1914年11月—1933年2月

芦山—雅安—成都—上海—济南

引　子

  1920 年春，在雅安通往芦山路边的荒坡上，散落着十多具石兽，一个中年人带着一个六岁的男孩在这里玩耍。这是一个被当地人称为"石马坝"的地方。

  因为一堆石兽，1907 年，法国人谢兰阁曾到这里考察。

  对于外国人，小男孩并不陌生，一个叫夏时雨的美国人经常到他们家。当小男孩听说外国人专门来看这里的石兽后，他也嚷着要看石兽。

  小男孩叫乐以钟，他的父亲叫乐和洲。

  "爸爸，这只石兽怎么会有翅膀？"

  "这是辟邪，是古代的瑞兽，一种会飞的动物。"

  "哦，我知道了，老鹰会飞，瑞兽也会飞。我长大了能不能飞起来？"

  "会呀！夏牧师不是告诉过你，在美国有一种会飞的东西叫

飞机吗?"

"我想起来了,飞机是需要人开的,我长大就去开飞机!"

"好吧!你长大就去开飞机……"

乐和洲望着弯弯曲曲的山路,笑了起来。心里暗暗说道,在几百公里外的成都,才有公路和汽车,飞机是什么样子,连我都没有见过。你才多大点就想开飞机,真是异想天开。

父子俩的身影笼罩在夕阳的余晖中,乐以钟飞跑了起来,边跑边喊:"我要开飞机喽!我要开飞机喽……"

然而让乐和洲想不到的是,一粒"开飞机"的种子,已经在儿子乐以钟心中扎下了根。

长大后,他真的成了"飞将军"。

乐家碉楼　在风雨中飘摇

11月11日，在很多人眼里，是一个全民狂欢的"网络购物节"。

在历史上，11月11日是一个与战争、和平相关的日子。

1918年11月11日，德国投降，第一次世界大战结束；

1949年11月11日，中国人民解放军空军成立。

1988年第43届联合国大会通过一项决议，将每年11月11日所在周设立为"国际科学与和平周"。在这一周里，联合国各成员国举行相关活动，宣传科技在保持世界和平和社会发展中所起的重要作用，为争取和平的国际环境而努力。

而在此前的1914年11月11日，中国首个王牌飞行员乐以琴诞生，他正是一个为和平而生的人。

说到乐以琴，还得从乐以琴的家说起。

我的老家在四川省芦山县龙门乡王家村，是一个很普通的小山村。在村背后的山坡顶上，有座大圆坟。

我小时候就知道，那座坟大有来头，是开飞机打日本鬼子的英雄乐以琴的父亲的坟。

小时候，我喜欢看电影，尤其喜欢看打日本鬼子的，经常跟着大人到处看乡村坝坝电影。

坝坝电影不择地方，挂上银幕就可放。但影片不多，不是《地道战》，就是《地雷战》，后来还有了《小兵张嘎》，看过来看过去，也就腻了，总觉得不过瘾，怎么不演一部乐以琴开飞机打鬼子的电影？

那些年，我喜欢跟着大人进城赶场，到了县城，大人总会给我买一些零食。从老家王家坝走过佛子岩，远远地看到一座高高的碉楼，我就知道县城要到了。那座碉楼，是乐以琴家的，算是芦山县城的地标建筑。

看着碉楼，我一次又一次地想，当年，乐以琴开的飞机是不是从碉楼起飞的呢？

小时候，我有当"写家"的梦想，我想，等我长大了，我就专门写一本乐以琴开飞机打日本鬼子的书。

参加工作后，几经折腾，38岁那年改行，在《雅安日报》当了一个小记者。新闻稿写多了，也想写一写有文化深度、有历史厚度的大稿子。

写什么呢？想来想去，写乐以琴的念头再一次迸发。

2005年8月，在抗日战争胜利60周年前夕，我采写了一篇《乐以琴长空击敌名存青史》的故事，交给《四川日报·天府周末》副刊编辑曾鸣，正好碰上该报在编辑出版《＜四川日报＞纪念抗日战争胜利60周年纪念特刊》。

于是，该稿便成了"抗战四川 感动中国"的六个故事之一，每个故事半个版。我供职的《雅安日报》也刊发了此文。该

文影响很大，后来，不少外地媒体到雅安采访乐以琴的故事，大多都会找到我，要我提供采访线索。

后来，我又陆续撰写了几篇介绍乐以琴的文章，但始终没有写成书。

好在从少年到白头，梦想一直在心头。

涓涓细流，终成大海。在芦山县城，有一条蜿蜒的河流，叫芦山河，再往下便汇入青衣江，再往下，青衣江、大渡河、岷江三江合流，最后汇入长江。而滚滚长江流入东海的地方，正是乐以琴鹰击长空，最终血洒天野的江南水乡。

当年，乐以琴犹如芦山河的一股激流，沿着芦山河一路奔涌东进，从大后方奔到抗战最前线，一飞冲天，让日本侵略者闻风丧胆，让家乡人民骄傲自豪。

时光荏苒，物景已易。

逝去的飞鹰，是否已经远去？

2014年9月1日，中华人民共和国民政部公布中国首批300名著名抗日英烈和英雄群体，抗日英烈乐以琴名列其中，而他的家乡就是芦山县。

拂去历史的尘埃，乐家从历史的深处走了出来，让人肃然起敬。在一个偏僻的弹丸之地，在文盲率高达百分之八九十的民国时期，竟然还有一个"博士之家"。

这不能不让人感到惊讶。

乐家不仅是芦山的大户人家,而且还是一个在四川历史上少有的"博士之家"。

"北有林巧稚,南有乐以成",中国妇产科两大权威之一的乐以成,便是乐家人。

有着"空中赵子龙""江南大地之钢盔"美誉的中国首个王牌飞行员乐以琴,正是这座碉楼的少主人,也是乐以成的六弟。

除了乐以成、乐以琴,乐家还有谁?

在民国年间,乐氏三兄弟共育有17个子女,14个成了大学生。

乐家,是一个什么样的家庭?在昔日封闭落后的芦山,乐家怎么会如此开明、开放?

博士之家、王牌飞行员、抗日英烈……

这些看似毫不相关的事,怎么能扯到一起?

"盛世修志",20世纪80年代,我刚参加工作不久,遇上了第一轮修志,我承担了《芦山县志·交通分志》的编写任务,就知道在《芦山县志》中,有很多篇章写到了乐家。

翻开《芦山县志》(方志出版社,2000年11月出版),寻找着关于乐家的只言片语。

乐家大院:"多院式建筑,由五个四合院联结,大四合院套小四合院,院院相通,各院均有庭院天井,每个庭院逐级升高0.5

米至1米,前院为门厅,后院设有粮仓、蚕房,并建有四楼一底土木结构碉楼。整个院落占地15亩,果园、桑园及大小花园错落其间,布局完整。"

看来,昔日的乐家大院颇为气派。1914年11月11日,乐以琴就降生在这个院子中。

拨开历史的迷雾,隐藏在碉楼里的神秘往事渐渐地浮现在世人面前。

在"金融"篇中,写到了乐家的"裕丰厚"当铺。

在"政权·政协"篇中,写到了乐家女婿汪作民当选"国大代表",赴南京出席全国国民代表大会;中华人民共和国成立后,1950年7月至1951年4月,乐以钧当选芦山县首届各界人民代表会议常务委员会副主席(当时设主席1人、副主席2人)。

在"商业"篇中,写到了乐家的"义丰全"——

县内有黄烟铺多家,其中乐家"义丰全"黄烟最有名,因其选购本地上乘烟叶,搭配郫县、金堂等外地烟叶精制而成,色味俱佳,不仅在本地畅销,而且远销宝兴、懋功、康定等地。

在"教育"篇中,写到了乐伯英举办私立初等小学堂(后交基督教会承办,改名为私立明德小学)、三年制私立伯英初级中学——

　　1942年秋，县人乐伯英之子女将抗日英雄乐以琴为国捐躯的抚恤费和乐家在郫县的部分产业作为办学基金，开办芦山县私立伯英初级中学。校长由办学人报县政府转呈省批准，首任校长为乐伯英之婿李尚英，继任校长乐以钧。校舍为木结构楼房，有4个教室，全校占地面积2000多平方米。至解放，共招收学生8个班，毕业学生102人。1950年，芦山县私立伯英初级中学与芦山县立初级中学合并，成立西康省芦山县立初级中学。

　　在"文化·体育"篇中，收录了胡冶钧先生撰写的传记故事《空中英雄乐以琴》（原载《人物》杂志）；对乐以钧的木刻版画做了专题介绍；有关乐以琴的报道，1939年8月至9月，《华西日报》《东方杂志》先后刊载了《空中名将访问记》等9篇新闻报道，报道空军英雄乐以琴的战绩等。

　　在"卫生"篇中，写到凌琢如（乐以钧的妻子）于1941年在县城开办新法接生所，引进新法接生，极大地降低了产妇和新生儿死亡率。

　　在"社会风俗"篇中，写到美国牧师夏时雨到芦山传教，吸引乐伯英等10余人成为基督教徒，乐伯英以自家东街房子作为教会礼拜堂，取名"真道堂"，附设小学。还写到了乐家的"乐家大院"、乐家捐资办学等。

　　在"人物"篇中，有较长篇幅的乐以琴传记。

　　在"杂录"篇中，有乐以成、乐以钧等人的著述及作品篇目。

在"大事记"篇中,多次提到乐以琴、乐以钧等乐家的人和事。

民国年间也曾出版过《芦山县志》,是1943年出版的。书中有多处提到乐家。

在卷五"学校略"中,有私立明德小学的介绍。

在卷九"选举表"中,有乐和洲的爷爷乐敏元的介绍——"岁贡、年贡无考"。

而关于芦山人相传乐和洲、乐和济是清代武举人的说法,民国版的《芦山县志》列了5名武举人的姓名,并没有他们的名字。由此看来,有关"武举人"一说,并无事实依据。

在卷十"忠义列传"中,有乐以琴的介绍。

作为记载芦山历史、地理、风俗人物等的专书《芦山县志》,从古说到今,自然惜墨如金,但相隔半个多世纪的两部《芦山县志》,似乎都有一道绕不过的话题,有一个不得不说的故事,那就是乐家的人和事。

《芦山县志》的内容虽然简略,但给我提供了很多采访线索和史料。

当年在编写《芦山县志》的队伍中,有一位叫胡冶钧的老人,他不仅和乐以琴是亲戚——他们是表兄弟,而且他们还是从小学到高中的同学。在有意无意间,胡冶钧给我讲述了很多乐以琴的故事。

有钱无势　有钱人家的烦恼

在中国人民抗日战争暨世界反法西斯战争胜利70周年之际，我从乐以琴的家门口出发，从西南到东南，从山乡到水乡，追寻乐以琴的出川抗战路，从而打捞历史碎片，探寻久远的记忆……

2015年8月12日，我又一次从雅安市区来到芦山县城。

为纪念抗战胜利70周年，我请示报社领导同意，策划了一个选题："纪念抗战胜利70周年——追随乐以琴出川抗战路"。

出征地点，就在芦山县城乐家门口。

地震一瞬，三年重建。

"从伤口长出翅膀"的芦山县，灾后重建已近尾声，但依然是一个大工地，汉姜古城已现雏形。"4·20"芦山强烈地震，震中就在与县城相邻的龙门乡。

原县城东门的大水塘，如今已在连接旧城和新城新区的中心位置上。

小巷深深。穿过七弯八拐的小巷，一个三间木屋的小院子出现在我的眼前，如果不是小院里还挂着"乐以琴故居"的小木牌，很难想象，这就是曾经名噪一时的乐家大院。

从残留在门窗上的雕花，还能依稀看出这是大户人家的房屋。

听说我要采写乐以琴的故事，民革雅安市委副主委董敏雷先生给我提供了一份来自浙江省杭州市档案馆的影印件，是民国时期笕桥航校有关乐以琴的档案。

档案中，有一份笕桥航校第三期学员登记表，里面有乐以琴的简短记载，当年他家的通信地址是"四川省芦山县上西街义丰全号"。

查阅笕桥航校毕业学员名单，在第三期中有乐以琴，在第八期中有乐以纯，他们是乐家17兄弟姐妹中的两兄弟（其实，乐以琴排行老六，本名乐以钟；乐以纯排行老四，本名乐以琴。此乃后话，暂且不表）。

乐家大院几乎不在了，"义丰全号"更是不见踪影。但在芦山县城，上了年纪的人都知道，在芦山县城东门这个叫大水塘的地方，就是"义丰全号"老店的位置。这里除了乐家大院外，临街还有好几个商铺，有黄烟铺，也有茶庄、盐铺、当铺、生丝铺等，几乎都是乐家的。

在民国时期，芦山县城有完整的城墙、城门。走出芦山县城东南西北四道城门，都有乐家成片的田地。当时乐家是川西富甲一方的大财主。

"4·20"芦山强烈地震，让芦山县为世人所知。在纪念中国人民抗日战争暨世界反法西斯战争胜利70周年之际，在抗战时期"一战成名"的著名抗日英烈乐以琴，更是牵动了海内外爱好和平人士的目光，乐家碉楼迎来了一批又一批的造访者。

乐家碉楼虽然没有倒塌,但已成了摇摇欲坠的危楼。作为乐以琴的故居,乐家碉楼也被列入灾后重建项目,按照修旧如旧的原则,正在进行维修加固。

我依稀记得当年胡冶钧在编写《芦山县志》时,曾写信到处求助,从全国各地征集了一些乐以琴的资料。30多年过去了,我相信这些资料没有散失。在芦山县方志办主任刘照辉先生等人的帮助下,果然找到了20世纪80年代新编《芦山县志》时留存的相关档案资料,上面有不少关于乐家和乐以琴的记载,让我喜出望外。

乐家为芦山地方望族。乐氏三兄弟,乐以琴的父亲叫乐和洲(字伯英),是大哥。二弟乐和济(字作舟),三弟乐和澄(字宇熙)。

手足情深,三兄弟一直没有分家,这是一个传统的大家庭。

除土地出租外,乐家还在芦山、雅安、成都经营黄烟店、茶庄、生丝铺、当铺、盐铺和钱庄,一度还与南洋陈嘉庚合伙经营过橡胶,公司就设在成都春熙路,据说获利颇丰。

乐和洲生于1867年,早年曾参加武举考试,落榜回家。

当年,他从父亲乐敏元手中接过的祖业并不多,只有100多亩田地,每年收租不到300担。到了1949年底,乐家在芦山县的田地已达2000多亩,每年收租近3000担,在四川郫县(今成都市郫都区)、新津县(今成都市新津区)、西康省雅安县(今四

川省雅安市）设商行、开钱庄，并购置了大量土地。

芦山县城的骆秉魁，升恒乡的杨体刚、白金贵等人是乐家的"二管家"，帮乐家管理田地，收缴租子；沫乐乡吕村坝的乐天喜，在乐家当了20多年的长工。骆秉魁、杨体刚、白金贵等人向胡冶钧提供了很多乐家的资料。

骆秉魁在新中国成立前一直给乐家当"二管家"。他多次给别人讲述乐家的故事，其中不乏乐家是如何积累财富的故事。

骆秉魁讲得最多的故事就是乐和洲在雅安全城收购并倒卖烟叶的故事，乐和洲从中赚了不少钱。

"罗城朝瀑"是芦山的外八景之一，意思是早晨起来看县城东边罗顺山上的云雾，就知道近期的天气变化。而乐和洲深谙此道，他根据天气变化安排长工和短工的活路，基本上不会出现因"雨班"窝工的现象。

更绝的是，1928年农历七月十二日半夜，一阵惊雷把乐和洲打醒，他披衣起床，打起灯笼到东门城楼上看天象。

"备马，连夜赶到雅安！"

走下城楼，乐和洲喊了管家骆秉魁、长工乐天喜跟他一起，冒雨连夜往雅安赶。

为什么要到雅安，乐和洲并没有告诉他们。

跌跌撞撞赶到雅安，住进自家的"裕丰厚"商行，差不多天亮了，这时雨也停了。

一场夜雨过后，天气放晴，阳光灿烂。

吃了早饭,乐和洲二话没说,马上安排人上街买回来几个竹背篼,并请来短工,由管家带着他们,背上背篼到雅安全城各烟铺收购烟叶。

"如果有人问为什么要收烟叶,你们就说芦山没有烟叶了。"乐和洲再三叮嘱道。

安排好这一切后,乐和洲这才上床休息。

仅仅两天时间,雅安城内的烟叶,就被乐和洲安排的人不声不响地买光了。

骆秉魁看着商行里满屋子的烟叶,他百思不得其解,乐老爷葫芦里卖的是什么药?

他几次开口问乐和洲。

但乐和洲只是笑了笑,告诉他:

"别问我为什么,再过几天,你就会知道这是怎么一回事了。"

乐和洲又安排骡马,将一半的烟叶驮运回了芦山。

七月十五日晚上,天气突变,瓢泼大雨从天而降,一连下了好几天的大雨。

随后,青衣江波涛汹涌,风高浪急,从乐山到雅安的竹筏不能通航,雅安无烟叶可售。

几天后,乐和洲一声令下,同时在芦山"义丰全"、雅安"裕丰厚"商行卖烟叶。

大家一听说乐家还有烟叶卖,蜂拥过去,抢购烟叶。

一时烟叶价格暴涨,平时一升米可买一斤烟叶,眼下涨到三升米才能买一斤烟叶,而且去迟了,还买不到。

短短几天时间,收购回来的5万多斤烟叶就被抢购一空,让乐和洲赚得盆满钵满。跟着他到雅安收购烟叶的管家、长工这才明白过来。

类似这种倒买倒卖的事,乐和洲还干过不少。如新粮上市,价格相对便宜,他就大量收购囤积起来,等到第二年开春,很多人家的存粮吃完了,在"闹春荒"之际,他又开仓卖粮。一进一出,年年如此,让乐家赚了不少钱。

乐和洲挣钱"狠",在芦山是出了名的。但对上门求救的人,他也有情有义。

乐和洲在成都也有家业,他每年有好几个月是在成都度过的。

出门在外的芦山人,想回家没有路费的,大多会向乐和洲求助。乐和洲一般都会资助。但他算得比较精,从成都到雅安的车费是多少钱,在雅安住一晚上又要花多少钱,头天的一顿晚饭钱和第二天的一顿早饭钱,他也会算出来。至于从雅安到芦山,没有公路,靠两条腿走路,自然不用花钱,第二天的路费也就没有了。

1936年春,乐和洲客死成都。乐氏家人扶灵回到芦山县城,在乐家大院里做了几天道场后,把他送到升恒乡王家坝的后山坡上安葬。

民间传闻这块墓地是个"风水宝地",是乐和洲生前请人看

好的,说是一个"上山凤"的好地方,后人要出"飞将军"。

其实,乐和洲死的时候,乐家不是要出"飞将军",而是已出"飞将军"了——此时,乐以琴早已从筧桥航校毕业。

1932年秋,乐和洲之子乐以琴已考入筧桥航校,1934年12月31日毕业,1935年2月,他已是中国空军第八大队的一员了。换句话说,在乐和洲去世前,乐以琴已是"飞将军"了。

在很多人眼里,以前的有钱人,几乎等同于恶霸,但乐和洲却是"大善人"的形象。

查阅芦山县志办征集到的资料,有一份长工乐天喜写的回忆资料:

> 乐和洲家里常年请长工,农忙时请短工。乐家老小对长工并不苛刻,每天三餐吃饱,每月初二、十六打牙祭(吃猪肉),每年腊月二十四,一年的工钱全部结清,要钱的给钱,要粮的给粮,不欠分文。
>
> 同时宣布第二年留用的长工名单。初六开工,过期不请。而请短工的工钱,完工走人前一次性结清,从不欠账。

在骆秉魁的回忆材料中,还透露出一个"秘闻"——当年乐家虽然有钱,但没有势力。

有钱无势,两头受气——土匪来了,受土匪抢劫;土匪走了,受官府欺压。

传教士来了　乐家开办了学堂

1894年七月,一个叫夏时雨的美国人从乐山出发,乘坐竹筏溯青衣江而上,来到雅安。

夏时雨是美国浸礼会的牧师。他到雅安传教,由于语言不通,曾一度感到十分迷茫,好在不久遇到一个能说会道的中国教友——刘强。在刘强的协助下,夏时雨和当地人在交流和沟通上几乎没有什么障碍。

第二年,夏时雨便在雅安创办了教会,设立了雅安总堂。

随后,夏时雨开始向雅安周边渗透,荥经、汉源、西昌等地也出现了他的身影,而与雅安仅一天路程的芦山,自然成了他传教的首选之地。在他到芦山传教之前,有人向他推荐了乐和洲,建议他首先发展乐和洲加入教会。

夏时雨在雅安传教期间,为了结交上层社会,加入了袍哥组织。四川袍哥,起源于雅安。加入了袍哥组织的夏时雨,多了个拿得出手的身份,江湖人称"夏大爷"。

夏时雨以"夏大爷"的身份通行各县,详查各地的风土人情和地下的矿藏资源。

夏时雨的打算很简单,让乐和洲加入教会,从而打开在芦山传教的局面。

如何接近乐和洲,夏时雨还下了些功夫。

这天,夏时雨风尘仆仆来到了芦山,大大咧咧地跑到义丰全号,他不但要买黄烟,还嚷着要跟乐老板谈笔"大买卖"。

面对这个高鼻子蓝眼睛的洋人,伙计吓得不敢说话,忙让人请老板乐和洲过来。

"乐老爷!有一个洋人来了,说是要跟你谈一笔大买卖!"

乐和洲正窝着一肚子火,上午县太爷给他传话,要他"捐银子"买枪"剿匪"。

乐和洲知道,这"剿匪"是假,让他出钱是真。

乐家算是芦山县城数一数二的大富之家,但纵然是大富之家,也经不起昨天被土匪抢劫,今天又给官府捐银子,这样下去,再大的家业都会被弄光。

土匪要来了,官府要乐家捐银子组织民团守城,而土匪真的打进了城,第一个遭土匪抢的还是乐家:"谁让你捐银子打我们的?"

左边是崖右边是坎,乐家横竖都得出银子。但乐家的家业大多在芦山,土地搬不走,不但惹不起,而且也躲不起。

乐和洲一听洋人找上门了,顿时火了:"让他走吧!不见!"

乐和洲转念一想,洋人能到中国,说明是有势力的,说不定乐家还可借助洋人的势力,摆脱官府的盘剥和土匪的抢劫。

芦山县城的势力大致分成三派,有一派是仰仗官府的,还有一派是依靠地方势力的,第三派就是"有钱无势"的。

而乐家正是第三派势力的代表,往往是最吃亏的。如何改变"有钱无势"的状况,乐家兄弟做了很多尝试,大多都成了背沙填海,钱花了不少,但"有钱无势"的状况依然没有改变。

瞬时,无数个念头在乐和洲的脑海中快速闪过。

"别让洋人走了!我去会会他!"乐和洲对着刚要出门的伙计叫了起来。

说起乐家,还得从明末说起。

当年,新上任的知县是从江西抚州远道而来的。

"为官一任,造福一方。"这位知县在芦山任职的几年间,姜城(因三国姜维曾镇守于此,故芦山县城也叫姜城)政通人和。任期满后,他卸任返乡。

当背着行李、带着家眷走出芦山东门时,他回望县城,依依不舍。

家乡已无父母,在芦山这些年,他已将芦山当成了第二故乡。他叹息一声,决定不走了。

面对老家的方向,他猛然跪了下去,口中喃喃自语:"列祖列宗,请原谅我叶落不能归根了,我就在芦山立业了!"

说罢,痛哭了起来。

后来,他来到离县城不远的一个小山村,搭了几间草屋,把家眷安顿下来,便上山开荒。

好在这里人烟稀少,可以"插草为标",开垦了很多田地后,

一家人便在这方土地上辛勤耕耘,几年时间过去,积累了一些财富。

据说,他就是乐家迁到芦山的先祖乐吕,后来这个小山村便被称为"吕村坝"。

从乐吕那一代算起,至"近"字辈,已是第14代了。

"耕读传家久,诗书继世长。"乐吕为后人定下了这条祖训。

到了乐和洲这一代,虽然家底厚实了,但家里没有人当官,也没有人背枪,只能算是"穷人中的富人"。原因很简单,没有势力的乐家,在当地是没有政治地位的。

乐和洲边走边想,不知不觉就来到了县城东街。

离自家的义丰全老店还有好几个铺子,乐和洲就远远地听到一个洋腔洋调的声音。

夏时雨这样做的目的,就是要让乐和洲知道,他的声音大,自然势力也大,什么都不怕。

此时的大清帝国已几乎走到了尽头。

随着西方的枪炮打开了中国的大门,基督教、天主教等洋教也大举进入了中国。

1860年,基督教、天主教被批准在中国传教。据四川洋务局统计,1910年,全川新教徒达到了36823人。

随着基督教的传入,西学东渐也为位于内陆的四川带来了西方先进的科技和文化理念。

经常在外面走动,乐和洲对洋人并不陌生,他知道朝廷虽

然对洋教既恨又爱,但还是专门下了圣旨,给予了他们特殊的方便,以致形成了一个怪圈:百姓怕官府,官府怕洋人,洋人怕百姓。

由于有着利益的需求和"互补",夏时雨和乐和洲相谈甚欢,两人一拍即合,乐和洲当场就答应了夏时雨的入教要求。

没过多久,乐和洲就带领芦山县城的戴体昆等亲友10余人到了雅安,他们在雅安浸礼会接受了洗礼,算是正式加入了基督教,夏时雨还指定乐和洲为芦山教会片区的召集人。

乐和洲入教并成为芦山教区的负责人,从单纯的商绅变成了商绅加基督教的代理人:做生意时,他是商绅;与官府打交道时,他是芦山教区的负责人。总算有了与官府"对话"的底气和资格,他一边尽力发挥自己在地方上的影响力,推动教会在芦山的扩展,一边也为乐家的发展拓宽道路,乐家的资产如同滚雪球似的,迅速发展壮大起来。

1906年,乐和洲在芦山陕西馆办蒙养小学堂,不久又拿出自家东街的房子作为教会礼拜堂,取名"真道堂",让教会有了固定的教堂,同时还附设小学。后来他干脆把小学交给了教会,更名为"明德小学"。

乐和洲还参与了教会雅安仁德医院的筹备和建设,从建筑材料到人工开支、零星杂务,都是乐和洲一手操办的。他还将医院建设的部分款项,以"入股"的形式投入乐家的义丰全号经营生利,为医院建设筹集到更多资金。医院于1905年动工修建,1906

年建成。西医开始在雅安兴起。

加入了洋教,乐和洲算是有了靠山和"身份"。

视野宽了,日子也过得滋润多了。但乐和洲依然遵守祖训,既不入官府,也不买枪护院,更不养家丁打手,更加和善起来,乐善好施,在四邻八乡有了"乐大善人"的雅号。

明德小学聘请老师的费用,他出;学生上学的费用,他免。遇到学生家境贫寒的,他还要掏钱资助生活费。

有了教会的支持,乐家跟官府的关系也改善了不少。

地球是圆的 一半是光明一半是黑暗

乐以琴生于1914年11月11日,乳名为"寅生"。

从骆秉魁提供的资料看,乐以琴的乳名除了"虎年生的"之意外,还有"虎虎生威"之意。原来乐以琴出生的那天风很大,风刮过的呼啸声,就像老虎的嘶吼。

"你别只是拿钱出来办学,还要注重对自家子女的培养。你应该把子女送出去读书见世面。"有一天,夏时雨又来到芦山。乐家大院是他下榻的地方。饭后喝茶闲聊时,他对乐和洲说。

"我送子女读书的呀。"乐和洲有些不解。

乐和洲送子女读书,并不是为了考科举做官做学问,其实他

想得很简单,能识字能管账就行。随着他与基督教会的关系越来越密切,他对西方的文化、科技也有了新的认识。

"我说的读书,不是在你家门口读的书,而是到外面上大学。"夏时雨说道。

"大学?上什么大学?"乐和洲愣了一下。

鸦片战争后,中国国门被迫打开,越来越多的西方传教士涌入中国。他们给最先接近的中国人免费送医送药,试图获得中国人好感。

但老百姓对西医的好奇和害怕明显多于接受,再加上语言交流困难,要弄清楚病人的症状体征真是难之又难。

后来,他们研究中国文化,试图让西医"中国化"。于是,将医院改名为具有儒家仁爱济民思想和自身基督教派博爱怜悯教义的"仁济""仁德",甚至还提出了"勤慎服务、品德为先"的院训;根据"男女授受不亲"的中国传统观念,创办了专门为妇女儿童服务的"女医院";为穷人免费看病、免费用药、免费施粥和补贴住院生活。仁济医院曾在成都军阀混战、保路运动中开展现场救护。他们还倡导开办大学医科教育和医院护理教育,培养中国的医学人才。西医逐渐被老百姓普遍接受了。1907年,多伦多大学牙医学院的博士林则来到成都,在仁济医院借了一间房子,号称"远东第一"的口腔医学也在这里开始萌芽、生根。

虽然医学传教士们行医的根本目的是传播"福音",但从客

观上说,他们确实把现代医学带了进来,引发了西方文明与东方文明在四川的一种重要的碰撞与融合。

令这些传教士没有想到的是,西医到了四川,到了雅安,也让封闭在大山里的乐家子女的命运得到了彻底的改变。

1904年,代表各自教会组织的英国人陶维新、启尔德,美国人毕启等人在成都商议创办一所高等学校——华西协合大学,他们把目光锁定在成都市区城南一个荒草萋萋的地方——华西坝。

1907年开始兴建校舍,1909年,作为大学的预备学校,同时还开办了华西协合中学。

1910年3月11日,一所西式大学在成都华西坝破土而出,华西协合大学正式开学,招了一个班,学生一共11名,全是从华西协合中学100多名学生中选录的。

毕启担任首位校长。毕启曾是成都华美中学的校长,没有人相信他能在偏僻的中国西部实现梦想,他的办学计划遭到了教会的多次否定。但这并没有消解毕启的坚定信念,他最终联合几个基督教会实现了自己的夙愿。毕启是美以美会的,与他联手打造华西协合大学的有英美会、公谊会的,后来,圣公会和浸礼会也参加进来。大学名为"协合",取其"协同合作"之意。

"教会已在成都开办了华西协合大学。"夏时雨一语点醒了梦中人。

华西协合大学是一所医科大学。由于教会曾安排乐和洲监管雅安小北街仁德医院的建设,让他见识了西医的神奇,不仅一两

片白色的药片就能治病，而且西医还能拿刀子给人做手术。

"不为良相，但为良医，那就让他们都学医吧。就上华西协合大学。"乐和洲答应了。

乐和洲的长子乐以壎是第一个走进华西协合大学的乐家子女。随后，乐家子女一个接一个地走进华西协合大学，成为闻名遐迩的"乐家军"。随后不久，一个"医学豪门"出现在巴蜀大地上。

夏时雨的话，乐和洲听进去了。

就在他犹豫着是否送全部子女读书时，乐家发生了一件足以影响后世、影响中国女子教育的大事——满秀离家出走，"逃婚"跑了！

"伤风败俗！把她给我追回来！"乐和洲暴跳如雷。

满秀是谁？

她就是日后大名鼎鼎的中国妇产科权威专家乐以成。满秀是她的乳名。

满秀生于1905年，她9岁那年（也正是乐以琴出生的当年）就被父亲带到雅安浸礼会福音堂接受了洗礼，成为一个基督教徒。

乐和洲重男轻女，乐以成的小名之所以叫"满秀"，是因为在她前面，乐家已有一个女儿。乐家有了两个女儿，已经够了，再多就"满"了。

虽然家里办了学堂，但乐和洲并没有让女儿上学。

乐以成喜爱读书,父亲不让她进教室,她就站在教室外当"旁听生",跟着哥哥弟弟们学文化。有时遇到老师提问,看到教室里的哥哥弟弟答不出来,手掌心被老师打得通红,她就在教室外面大声替他们回答。

后来,乐和洲看着女儿喜欢读书,再加上夏时雨等人告诉他,在上帝的眼里,儿女都是一样的,乐和洲便把乐以成送到了雅安明德小学(也是教会办的学校)读书。

"我们生活的地方,叫地球。地球是圆的,悬挂在宇宙中,就跟天上的星星、月亮一样,它们都在不停地转动。现在我们这里是星光耀眼的晚上,但在地球的另一端——我的家乡美国却是阳光灿烂的白天。"

在一个星斗满天的夜晚,夏时雨坐在乐家大院里,吸着乐家的黄烟,一边仰望着星空,一边对着乐家子弟说。

说罢,他还拿起了两个盖碗茶的盖子,合起来成了一个圆球,慢慢地托在手中旋转起来:"地球就是这样转动的。"

也许夏时雨此时也想家了,他望着星空,遥想着远在万里之外的亲人。于是,他情不自禁地讲起了星空和地球,说到了家乡的亲人,让星空传递着他的思乡之情。

"一只南美洲亚马孙河流域热带雨林中的蝴蝶,偶尔扇动几下翅膀,可以在两周以后引起美国得克萨斯州的一场龙卷风。"就是夏时雨的无意之举,给乐家子弟打开了一扇通向世界的窗户,让乐家"医学豪门"横空出世。

夏时雨的话，让乐以成等人惊呆了，这世界怎么会是这样？

地球怎么会是圆的，而且还在转动？如果地球真的是圆的，那么河里的水怎么流啊？地球在转动，我们怎么没有被转晕呢？地球挂在宇宙中，万一掉下去了，我们又该怎么办？

这世界太神奇了！

一时间，乐以成惊呆了。她无法想象，这世界究竟是怎么一回事。

这个深眼高鼻的洋人，让乐家后代震撼不已。那几天，乐家子女疯了似的，一个个捧着个圆石头，模仿着夏时雨旋转的动作，口中还念念有词："地球就是这样旋转的。"

出乐家大院不远，就是东门城墙。城墙下面，有一条蜿蜒而过的芦山河，是青衣江的上游支流，当年夏时雨从乐山到雅安，正是乘坐竹筏溯青衣江而上来的。

"芦山河再往下流，又是什么河呢？"乐以成问道。

"是青衣江，再往下就是长江，一条比芦山县城还大的河流。而长江还不是最大的，百川归大海，长江最终流进了太平洋。太平洋的这边是中国，另一边就是美国。我从太平洋的那边坐船到中国，要在船上坐好几个月，才能过来。"

夏时雨的话，在乐以成的幼小心灵里，种下了一颗种子，原来世界这么奇妙。她暗暗握紧了拳头，发誓要学西方科技，将来要好好研究一下，这一半白天一半黑夜的地球是怎么回事。

满秀小学毕业后,乐和洲再也不让她读书了。在满秀很小的时候,就订了"娃娃亲",他已将女儿许配给了街邻毛家。他让乐以成在家学做家务活,偶尔为乐家管管账,再大一点,嫁出去就行了。

1920年春节刚过,毛家上门来提亲,乐和洲满口答应。

两家开始谈婚论嫁,合了八字,阴阳先生说这是"天作之合"。双方约定,再过一年,等到满秀16岁就嫁过去。

此时15岁的满秀已出落成一个大姑娘了。

满秀躲在房间里大哭一场。

满秀知道,如果嫁人了,自己这辈子就再也不可能离开这个家了,一半是光明一半是黑暗的地球,自己就再也没有机会去弄明白了。

不知有多少个夜晚,她一个人偷偷哭泣。

后来,倔强的满秀决定逃出这个家,去看外面的世界。

正当满秀准备离家出走时,乐家一个远房婶娘在生小孩时死了。原来她遇上了难产,乡间接生婆采用愚昧的迷信方法为她接生,婶娘痛得死去活来,悲怆的哭声响彻夜空,折腾了一天一夜,最后悲惨死去,一尸两命。

婶娘的死,对满秀触动很大,她为女性一生悲凉的命运感到难过,认为女人不能就这样听天由命地了此一生。

地球是什么样子,满秀不去想了,她一心想的是,如何逃出去。

此时,大哥乐以壎正在成都华西协合大学上大学,学的是牙科,她也想学医,她不愿再看到婶娘那样的悲剧发生。

于是,她悄悄攒钱,准备离家出走。

眼看着夏天就要过完了,自己再不走,等待自己的就是嫁人,婶娘的今天,也许就是自己的明天。

"我要读书!我不嫁人!"

于是,在一个万籁俱寂的夜晚,满秀给父母亲留下一张纸条,落款是她的大名——乐以成。

她毅然地"逃婚"离家出走,与"满秀"彻底告别,从此以乐以成的名字走向社会。

女儿离家出走,让乐和洲颜面扫地。

但他知道,身无分文的女儿跑不了多远,最有可能跑到成都投靠她二叔。

乐以成的母亲听说女儿跑了,哭得死去活来。她悄悄把追赶的人叫到一旁,给他们塞了不少钱,让他们转交给乐以成,让女儿跑得快一点,跑得远一点。

"罢了!她要走,就让她走吧!"乐和洲也让人去追赶,但其实也是做个样子,"放狗撵羊",撵得越远越好,好给毛家一个交代而已。

英国、美国、加拿大等国家的教会在成都建立了很多学校,这为乐以成"逃婚"后的求学提供了方便。

乐家子弟中在华西协合大学、华西协合中学读书的学生已有好几个，乐和洲的二弟乐和济曾任华西协合大学理事，并任华西协合大学舍监，为照顾在这里读书的乐家子女提供了方便。

果然，乐以成"逃婚"到了成都，走投无路的她，唯一能投奔的还是二叔乐和济。

"出来就别回去了，二叔送你去读书吧。"乐和济抚摸着乐以成的脑袋说。

当时男女分校，乐和济也是基督教徒，长期生活工作在成都，他跟教会其他学校的关系都不错。

于是，乐以成便到了成都华美女子中学读书。

华西协合大学成了乐家兄弟姐妹成长的摇篮，在乐家17个兄弟姐妹中，有8人是从华西协合大学毕业的。而乐家子女的高中，男性都是在华西协合中学读书，女性上的都是华美女子中学，他们一家几乎都是"华西"学生。

给我一张书桌　我可以改变世界

乐和济把乐以成安顿好后，赶紧回了趟芦山，他也要给大哥一个交代。

"我把满秀安排到华美女子中学上学了。你放心，她会安心读

书,很听话的。"一回到家,乐和济就把满秀的下落告诉了大哥。

女儿的"逃婚"出走,尽管让乐和洲很不高兴,但女儿毕竟是自己的心头肉,他也担心女儿在外面出事。

听说女儿进了学校,乐和洲暗暗地松了一口气。

乐和济接着话锋一转:"大哥,儿女大了,他们都有自己的想法,我们就顺其自然吧。要不然,今天跑一个,明天逃一个,我们担惊受怕不说,说出去一家老小也没有面子。不如风风光光地把他们都送出去读书。再说,读书又不是丢人的事。"

乐以成"逃婚"出走,让乐和洲颜面大伤。后来,他给毛家说了一堆好话,赔了一笔银子,总算退了这桩婚事。

常年走南闯北,再加上长期与夏雨时等人接触,乐和洲也多多少少接受了西方自由开放、男女平等的思想,也有了博爱、宽容、开明的理念。

"满秀要去读书,就由她去吧!"乐和洲在心里长叹一声。

乐和洲把三弟也招呼过来,一起商量子女培养的事。

"有田有地不如有文化,修房造屋不如办教育。"商量的结果是,他们决定送子女读书,凡是愿意读书的,全都送出去。

他们给了子女一个学习的方向:"都送去学医。"

同时要求在外读书的子女,一是不加入任何党派,二是不准参军参政。

后来,外出读书的子女多了,"实业救国""教育救国""医学救国"的理念也深入他们的心底。子女不可能都去学医,他们又定了一条家规："不靠祖业要靠自立，声光化电、农林医师各精一门。"

乐和洲、乐和济、乐和澄三兄弟先后共生育了18个子女。三兄弟没有分家，所以在子女排行上，以年龄大小，分男女排行，男十女八。

子：乐以壎、乐以篪、乐以钧、乐以琴、乐以和、乐以钟、乐以雅、乐以本、乐以伦、乐以斌。

女：乐以正、乐以成、乐以熙、乐以笙、乐以雍、乐以纯、乐以清。

在"近"字辈的记忆中，他们应该还有一个七孃，因为有"六孃"和"八孃"，缺了一个"七孃"。

"七孃"叫什么名字，他们都记不得了。

原来，"七孃"出生后，还来不及取名就夭折了。生育18人，长大成人的共17人，而且大学生就有14人。这在新生儿死亡率极高、普遍是文盲的年代，不能不说是一个奇迹。

从此，乐家子女要想读书的，乐和洲三兄弟都送他们去读书。他们从自家的学校毕业后，就到雅安进入教会办的雅安明德初级中学继续读书，毕业后又升入成都华西协合中学读书，高中毕业后，升入华西协合大学读书，甚至还被送到国外留学。

乐以成先是在教会办的成都华美女子中学读书，后转入省立女师附中。眼看就要毕业了，四川没有女子大学，自己又到哪里读书？

经老师介绍，乐以成打算到湖南长沙，报考湘雅医学院。就在准备启程赴湘时，1924年，华西协合大学开始招收女生，率先在中国西部实行男女合校。乐以成的二叔乐和济得到消息后，马上告诉了乐以成，并鼓励乐以成报考该校。

当年学校共招了8名女生，乐以成是唯一通过考试入学的，其余7人是各教会保送的。

1932年，经过8年的学习，乐以成从华西协合大学毕业，同时获得了华西协合大学和美国纽约州立大学颁发的博士证书，成为四川历史上第一位女医学博士。

事有凑巧，1928年，由于时局动荡，湘雅医学院停办，原在湘雅医学院读书的谢锡瑹——从四川省璧山县（今重庆市璧山区）考入长沙湘雅医学院读书——转入华西协合大学继续读书，专攻骨科与放射科，1931年毕业。

想到长沙读书的没有去成，本在长沙读书的却转到了成都，也许是命运的安排，谢锡瑹、乐以成这对原来隔着千山万水的男女，阴差阳错走到了一起，最终结成了伴侣。

乐以成与丈夫谢锡瑹的姻缘颇具传奇色彩。

当年仪表堂堂的谢锡瑹是众多女生眼中的白马王子，曾经有个湘妹子从长沙追到了成都，而他始终没有答应。当年已在华西协合大学读书的乐以成身边当然也不乏追求者，但她也不为所动。当谢锡瑹出现在风光秀丽的华西坝后，不久就与乐以成一见钟情。

有情人终成眷属。谢锡瑹与乐以成成了天赐良缘的一对夫妻——妻子是著名的妇产科专家，曾任华西医科大学附属医院妇产科主任；丈夫是高明的骨科医生，30多岁就任华西协合大学医学院院长，中华人民共和国成立后，又出任四川省人民医院院长。他们恩爱几十年，成为华西医学史上的一段佳话。

无巧不成书，同样的爱情佳话又在乐以成的五妹乐以雍、六妹乐以纯身上重演。

乐以雍在9岁那年，就被二姐乐以成带到成都读书，1938年从华西协合大学医学院毕业，后与同班同学易明志（四川省富顺县人）结婚。

1932年，在二姐乐以成从华西协合大学医学院毕业的当年，乐以纯也考进了这所大学。1939年，她毕业后，成为我国初级保健医疗和社区医疗的先驱，而她的丈夫吴和光是四川省巴县（今重庆市巴南区）人，1936年毕业于华西协合大学医学院，并获得该院和美国纽约州立大学医学博士学位。中华人民共和国成立前，曾担任重庆中央医院、华西协合医院副院长。中华人民共和国成立后，他是华西医科大学附属医院首任院长。

乐家子弟大多在成都接受中学和大学教育。翻开华西协合大学历届毕业生名单，就有乐以壎、乐以箎、乐以成、乐以和、乐以雍、乐以纯、乐以清等乐家兄弟姐妹的名字。

给我一张书桌，我就能改变世界。

一次意外的"逃婚"求学,促成了一个"医学豪门"的诞生。

乐家仅在"以"字辈、"近"字辈两代中,在内科、外科、妇产科、骨科、放射科、口腔科等专业,都有国内顶尖的专家,足以称得上是一个"医学豪门"了。

"和"的下四代依次为"以"字辈、"近"字辈、"大"字辈、"同"字辈。

"以"字辈17个兄弟姐妹中,排行第16的是乐以伦。生于1919年的乐以伦早年从华西协合大学毕业,后留学英国,回国后在四川大学任教,从事皮革和医用高分子的研究教学工作,是四川大学生物医学工程学科的创始人之一,他的座右铭是"永恒的幸福贵在对祖国的无私奉献"。2016年10月6日上午8:00(美国时间)因肺部感染在美国纽约逝世,享年97岁。

"近"字辈共有80多人,年龄最大的是生于1934年的乐近孝,年龄最小的是生于1952年的乐近刚,而"大"字辈的已是200多人,乐氏子孙遍及海峡两岸乃至海外。

在芦山县流传着一句俗语,说的是"一代夹骨(吝啬)、二代脱俗(阔气)、三代出脱(败家)、四代流落(离散)"。大意是第一代靠勤俭和小气发家,第二代就开始摆阔显富了,到了第三代挥霍,第四代就走向衰败没落。大富人家,都富不过三代。如今乐家已过十余代,依然兴旺发达,一年四季都有乐家后人从天南海北回到芦山县老家省亲,为祖坟扫墓。

乐家除了是一个"医学豪门"外，还是一个"抗日军人之家"。

我在芦山县城东门转悠了大半天，逢人就打听乐家后人在哪里。

几经周折，最后碰到了一个叫乐近刚的人，他告诉我，他是乐以斌的儿子，是目前依然生活在芦山的唯一"近"字辈乐氏后人。

查阅笕桥航校毕业生档案，第三期有乐以琴（原名乐以钟），第八期有乐以纯（原名乐以琴）。第八期的乐以纯，正是乐家的四哥。除乐家兄弟外，第十期的杨种德，是乐以琴的妹夫（八妹乐以清的丈夫）。再加上远征军战士乐以斌，在国家危难时期，乐家一门忠烈，出现了四名军人（其中三名空军、一名远征军），都在血与火的战场上，与日本侵略者浴血奋战。

1937年12月，正在华西协合大学读书的乐以斌考入笕桥航校第十二期，又转入黄埔军校第十五期，后加入远征军。后来他随部队去了台湾后，又辗转回到大陆，回到芦山，结婚生子，有了乐近刚两姐弟。

乐以清早年从华西协合大学文学院毕业后，曾任中学老师，新中国成立前夕，随丈夫杨种德到台湾定居。

在乐近孝、乐近儒、乐近刚、乐大海等人的协助下，我大致梳理出了乐家"以"字辈兄弟姐妹17人的基本情况。

长子：乐以壎，毕业于华西协合大学医学院，牙科博士。

长媳：余淑德，毕业于成都某幼儿师范学校，1949年病故；

续弦：先正容，毕业于华西协合大学文学院。

次子：乐以麓，毕业于华西协合大学医学院，医学博士。

二媳：杨淑云，毕业于四川省立成都女子师范学校。

三子：乐以钧，先后就读于四川美术专科学校、上海美术专科学校，木刻版画家。

三媳：凌琢如，毕业于北京协和医学院。

四子：乐以纯（原名乐以琴），先后毕业于华西协合大学、笕桥航校。

四媳：竹芷君，毕业于成都华美女子中学。

五子：乐以和，毕业于华西协合大学医学院，医学博士。

五媳：蔡尔莹，毕业于华西协合大学文学院。

六子：乐以琴（原名乐以钟），毕业于笕桥航校。

七子：乐以雅，毕业于上海光华大学。

七媳：周珍芝，毕业于四川省成都商业学校。

八子：乐以本，毕业于金陵大学农学院。

八媳：阙哲尧，毕业于成都华美女子中学。

九子：乐以伦，毕业于华西协合大学理学院，博士。

九媳：李伯正，毕业于华西协合大学化学系。

十子：乐以斌，毕业于空军军官学校、陆军军官学校。

十媳：张德芬，毕业于芦山中学。

长女：乐以正，毕业于成都华美女子中学。

大女婿：孟体廉，曾留学美国，政治经济学博士，曾任华西协合大学事务部主任。

次女：乐以成，毕业于华西协合大学医学院，博士。

二女婿：谢锡瑹，毕业于华西协合大学医学院，博士。

三女：乐以熙，毕业于成都华美女子中学。

三女婿：李尚英，毕业于四川大学教育系，芦山县私立伯英中学首任校长。

四女：乐以笙，毕业于成都华美女子中学。

四女婿：汪鼎新，曾任民国时期"国大代表"。

五女：乐以雍，毕业于华西协合大学医学院，博士。

五女婿：易明志，毕业于华西协合大学医学院，博士。

六女：乐以纯，毕业于华西协合大学医学院。

六女婿：吴和光，毕业于华西协合大学医学院，博士。

八女：乐以清，毕业于华西协合大学文学院。

八女婿：杨种德，毕业于笕桥航校。

乐家17兄弟姐妹，无一文盲，除长女、三女、四女只读了中学外，其余14人，全是大学毕业。

这是一个什么家庭，如此辉煌？

我不知道，这样的高知家庭，在民国年间的西康省、四川省有几家，在全国又有多少家。

虽然没有准确的答案，但我想，要超过乐家的，恐怕也不多吧。

乐家培养出14个大学生，要花费多少银两？

在采写过程中，我查阅到了相关资料，当年无论是在华西协合中学，还是华美女子中学读书，学费都不菲，以大米价计算，一学期要好几担大米，另外还要交生活费。

在华西协合大学读书，学费就更高了。乐家17兄弟姐妹，无一文盲，14个大学生，3个姐妹没有上大学，也是读到了中学。如果把17人从小到大所交的学费、生活费全部加起来，折算成大米堆在一起，恐怕是今天一个中等粮库所储存的全部粮食吧。

在中国近代，乐和洲一家生活在"修房造屋、买田置业"的传统乡绅文化中，最终走向了"以近大同"，走出了一个现代教育的高知家族。

这一高知家族的成功转型，无疑是一个很有意思的转型样本。

如果有人要研究中国近代乡村士绅的转型，请来芦山研究吧，乐家也许会给你满意的答案。

西学东渐，受到西方教育文化影响大的，大多是靠大江大海的地方。要知道，乐家当年生活的环境，还是一个不通公路，没有电灯，更没有电话的大山区。

乐家的成功转型，影响了多少人？又有多少乡绅走在了"转型"路上？

写到这里，易卜生的《玩偶之家》的故事突然浮现在了我的脑海中。

当年娜拉"离家出走时的摔门声",似乎惊动了整个欧洲。而乐以成的"逃婚"出走,又惊动了谁?

这肯定是一个"蝴蝶效应",小到对乐家、大到对中国的影响,虽然这是一个谁也说不清楚的事,但谁也不能忽视难以估量的影响。

娜拉是挪威剧作家易卜生的经典社会问题剧《玩偶之家》的主人公。她在经历了一场家庭变故后,终于看清了丈夫的真实面目和自己在家中的"玩偶"地位,在庄严地声称"我是一个人,跟你一样的一个人,至少我要学做一个人"之后,娜拉毅然走出了家门。

1879年《玩偶之家》在欧洲首演,惊动了欧洲。后来惊醒了五四运动之后积极探索中国命运和出路的知识分子们,"娜拉"几乎成了中国知识分子进行思想启蒙的标志性人物,也成了当时进步女性的效仿对象。

虽然《玩偶之家》被称为妇女解放运动的宣言书,在世界上引起了一场妇女解放的风暴,但《玩偶之家》却只是以娜拉"出走"为最终结局——

门一摔,剧终了。

至于她走了以后会怎么样,易卜生没有给我们任何答案。

半个世纪过去了,到了1923年,鲁迅先生提出了一个世纪命题,发出了一声旷世之问——"娜拉走后怎样?"

鲁迅先生是敏锐地觉察出这一重大社会问题的,即如果娜拉

口袋里没有钱,没有经济大权,则"出走"以后也不外乎是两种结局:不是回来,就是饿死。只有娜拉真正掌握了经济大权,参与了社会生活,不把自己局限在小家庭里,不把婚姻当成女人唯一的职业,才有可能真正获得"解放"和"自由"。

乐以成的"逃婚"出走,看似是在延续"娜拉的故事",其实演绎的是一个更加精彩的传奇故事。

如此看来,乐以成的成功"逃婚",看似偶然,实是必然。

后来,乐以成功成名就了,但只要一想起自己过去"逃婚"出走的那一幕,她总是感叹不已:

"如果我当初没有离家出走,在这个世界上,也许就会多一个地主婆,而少一个医学家。"

乐以成成功"逃婚"出走,少的何止是一个地主婆,多的又何止是一个医学家!

单是乐家,继乐以成外出求学后,她的五妹、六妹、八妹也跟着到了成都求学,也先后上了大学,毕业于华西协合大学。

乐以成的"逃婚"出走之所以成功,原因是有开明的二叔做"内应",乐以成一到成都,就有了落脚点,而且还能让她衣食无忧地走进课堂,最终父亲乐和洲也默许了她的行为,再也没有为难她。

后来,乐以成写文章怀念父亲:"我的父亲是一个虔诚的基督徒,性格刚正不阿,治家严谨,经常对子女讲朱柏庐治家格言及历代名人嘉言懿行、故乡风土掌故,教育子女懂得爱国爱乡和

做人的道理。并规定子女年满 10 岁就要帮做家事,做一些洒扫劳务。"

乐以成的离家出走,也给了六弟乐以琴极大的影响。

就在乐以成毕业的 1932 年,乐以琴也悄悄离开了华西协合中学。他走得更远。

他决心打破父辈定下的"不准当兵"的家规,毅然离家出走,他要到抗日最前线,扛枪杀敌!

乐以琴一路跑到上海,到处打听 19 路军的去向。他一心想的是:"我要当兵!我要当兵!我要拿枪打鬼子!"

投笔从戎　乐以琴从成都跑到了上海

乐以琴在乐家男丁中排行老六,在他的上面,有 5 个哥哥、6 个姐姐。

乐以琴从小就很顽皮,家门口有座铁索桥,他经常跑去摇铁索,让桥面剧烈地晃动起来,吓得胆小的人不敢过桥,而他站在桥上哈哈大笑。直到他后来考进了笕桥航校,依然不忘这一幕。

也许正是站在铁索桥上晃多了,后来进了笕桥航校,再难的飞行特技动作他都能学会,而且从不晕机。

爬城墙掏鸟窝，下河坝摸螃蟹，整天玩得不亦乐乎。在他6岁那年，乐和洲就把他送进伯英小学开始读书。

读完小学后，一乘小轿子，把他从芦山送到了雅安。

那时，从芦山到雅安没有公路，一路上翻山越岭，从早到晚，要走一整天。

乐以琴在雅安城里的明德中学读完初中，1929年，他又被送到成都的华西协合中学读高中。

1932年，18岁的乐以琴已成为一个帅小伙，不仅学习成绩不错，而且酷爱体育运动和武术，在学校有"短跑王"和"球王""射匠"的称号。乐以琴的800米长跑成绩，打破了四川省纪录，直到他牺牲的1937年，还没有人打破他的纪录。

华西协合中学与协合大学分别在华西坝的上坝、下坝，相距很近。只要有空，乐以琴就跑过去跟着二叔乐和济练武。1931年，九一八事变爆发，激起了全国人民的义愤，成都各大、中学校的师生走上街头举行示威游行。华西协合大学和协合中学的师生也参加了示威游行。

对日本人，乐以琴有着切肤之痛。

乐以琴与日本人有什么仇？

说来还有个故事。

乐和洲曾与南洋陈嘉庚合作在成都开了家四川橡胶公司，公司就设在春熙路。

房子是乐家的,在街面房的背后,还有一个小院子,小院子的隔壁就是成都有名的锦江大剧院。那些年,演戏的女演员经常受到地痞流氓的欺负,剧院老板便与乐和洲商量,在橡胶公司的后院开道小门,算是剧院的后门,遇到紧急情况,作为女演员躲避地痞流氓欺负的"秘密通道"。

乐和洲二话没说,满口答应。作为回报,剧院老板给了乐和洲一块铜牌,凭这块铜牌,可以随时自由进出剧院,免费看戏。

作为有钱人,乐和洲讲究脸面,自然不会"走后门"蹭不要钱的戏,他顺手就把铜牌扔给了乐以琴。

"走!金跳蚤,我们看戏去!"

乐以琴和胡冶钧既是老乡,又是同学,而且还是表兄弟,从在雅安明德小学读书起,他们一直在一起读书。乐以琴长得高大,而胡冶钧身材矮小,他们相互取了个外号,乐以琴叫胡冶钧"金跳蚤",意为个子小但机灵,胡冶钧叫乐以琴"斯巴达克斯"。"斯巴达克斯"是古罗马的一位奴隶起义将领,用在乐以琴身上,形容他高大威猛有力气。

华西坝与春熙路相距不远,喜欢热闹的乐以琴乐得有个好去处,每到周末,他就约上同窗好友胡冶钧去看不要钱的戏。

又是一个周末,乐以琴和胡冶钧又来到了锦江大剧院看戏。

这天戏没有看成,倒跟人打了一架。

原来,1931年九一八事变后,日本政府指使特务、浪人到中国四处制造事端,为挑起侵略战争找借口。

日本浪人在锦江大剧院看戏,戏刚开演,日本浪人就起哄喝倒彩,还要让女演员过来陪他们"玩玩"。

看到这里,乐以琴肺都气炸了。他示意胡冶钧把女演员从后门悄悄带出去,他则一头冲了过去,对着叫得最响的那个浪人就是狠狠一拳。

那人正叫得起劲,根本没有防备,被乐以琴一拳打倒在地上。其他浪人一看,一拥而上,围着乐以琴打了起来。双拳不敌四手,乐以琴很快就被日本浪人打倒在地。

看戏的人中也不乏热血青年,他们看到冲上去的中国人吃了亏,也跟着跑过去,与日本浪人扭打成一团。

一场混战,众人很快就把那几个浪人打得躺在地上,无法动弹。

"国事如此,眼看中国前途黯淡,这书还有啥读头?还是认真学点硬功夫,拿起枪上战场,'直线救国'好。与其老死牖下,不如战死疆场!"

痛痛快快地打了一架后,尽管鼻青脸肿,但乐以琴回到学校还怒气未消,他怒气冲冲地对胡冶钧说。

"国仇家恨肯定要报,眼下最重要的是,我们还是得把学业完成,考上大学。"胡冶钧劝他道。

乐以琴一言不发,往床上一躺,一动也不动。

不知过了多久,乐以琴腾地坐了起来,往床板上猛击一拳,长叹了一口气,什么也没有说。

但从那时起,一颗弃笔从戎的种子就埋在了乐以琴的心中。

1931年秋,学校接到通知,次年4月将在南京举行全国运动会,要求学校组建运动队参加。800米长跑四川纪录保持者乐以琴自然是参赛选手之一。

当年底,乐以琴随四川代表团抵达南京。正在集训时,一·二八事变爆发,国民政府急令"全运会"停办,全国各地的集训队取消,各自返回。

四川代表团的参赛队员陆续回来了,但始终不见乐以琴的身影。

乐和洲急了,连忙派人到南京寻找乐以琴。派出的人在人海茫茫中好不容易找到了乐以琴,要带他回成都继续读书。

乐以琴表面上答应了,但实际上他主意已定,要到抗日前线去杀敌报国。

乐以琴想方设法摆脱了执意要带他回成都的人,买了张车票,只身到了上海。

他的目标是到上海加入19路军,加入抗日队伍。

乐以琴辗转到了上海,到处是一片狼藉。

日本侵略者在上海的暴行,让乐以琴更加坚定了"直线救国"的理念。

"19路军,你们在哪里?"

乐以琴怎么都找不到19路军驻扎在哪里,后来他才知道,当

时孤军无援的19路军在激战一个月后,已撤离了上海。

上海抗日救亡运动高涨,爱国青年和市民集会游行,热血沸腾的乐以琴也走进抗日救国的游行队伍中。

乐以琴的三哥乐以钧此时正在上海读书。

不久,生活无着的乐以琴只得投靠三哥。

1930年,从小喜欢写写画画的乐以钧没有选择学医,而是报考了美术学校,先是在成都美术专科学校读书,后来又转学到了上海美术专科学校。

乐以钧平时喜欢逛书店。离学校不远处,正好是内山书店。书店是由日侨内山完造于1917年在北四川路魏盛里创办的,1929年后搬迁至施高塔路11号(现四川北路2048号)。该店最初主要经营包括《圣经》、赞美诗在内的基督教书籍,后扩展到普通汉、日文书籍。鲁迅先生晚年定居施高塔路后,该店成为其主要的活动地点。

有一天,乐以钧和四川老乡苗勃然等人走进内山书店,发现一套彩印的油画集,他俩都很喜欢。这时,同学蒋丁引也凑了过来,看到油画集也爱不释手。

这本油画集,书店只有一套,三个人都争着要买。

正在争执时,乐以钧突然发现有人在自己的肩上轻轻拍了一下,他掉头一看,一位穿着褪了色的长衫,面容清瘦,上唇蓄着一字形浓黑胡须的人站在身后。

那人对着他说:"你们别争了,这本油画集,过几天就能运到,请稍等几天再来买吧。"

那人有浓重的浙江口音。

随后他又问他们:"你们叫什么名字?是工人还是学生?住在哪里?"

"我们都是学生。我是从四川来的。"乐以钧说,"我的老家在四川省芦山县。"

"哦,芦山,我知道。那里有座汉代的樊敏碑,很有名,我正好收藏有樊敏碑的拓片。我对它的评价是'唯汉代艺术,博大沉雄'。"

那人接着说:"说了半天,忘了告诉你们,我叫鲁迅。"

乐以钧大吃一惊,他居然能巧遇到当时千千万万青年所敬仰的新文化运动的主将鲁迅先生,更让他想不到的是,鲁迅先生竟然还知道他的家乡芦山县。

后来,鲁迅先生总邀乐以钧等人去自己家中做客。他先是把自己收藏的樊敏碑拓片展示给他们看,然后还将德国、苏联等国家一些著名版画家的木刻原作介绍给他们鉴赏,鼓励他们"捏刀向木,用版画投入战斗"。

1931年8月,鲁迅先生筹办了中国第一个木刻讲习班,聘请日本友人内山嘉吉先生教授木刻创作技术、技法,鲁迅先生主持并当翻译,还做辅导。乐以钧等人参加了培训。

后来,在鲁迅先生的推荐下,乐以钧还到日本深造,专攻版

画印刷，1935年回国。抗日战争爆发后，乐以钧返回四川。他在四川南虹艺术专科学校一边任教，一边在春熙路与苗勃然、张漾兮等一批爱国青年组织"四川漫画社"，举办漫画展，开展抗日救亡宣传活动。

"三哥，你说我该怎么办？"

生活虽有了着落，但梦想还未实现。乐以琴要三哥想办法。

报国无门，又在上海无处安身，但他不愿意再回到四川读书。

乐以钧也是一个穷学生，自己的生活也过得很窘迫，无法照顾乐以琴。想来想去，他让乐以琴到山东济南找大哥想办法。

无奈之下，乐以琴只得离开上海，跑到山东济南，投奔大哥乐以壎。

乐以壎早年毕业于四川华西协合大学，学的是牙科。

乐以壎在华西协合大学一读就是好几年，当时曾被人讥笑："乐家老大读的是啥子书哦？一个人就只有28颗牙齿，你一颗牙齿就要学多少年？"

1930年乐以壎毕业时，恰逢齐鲁大学请求华西协合大学支援口腔科医生一名。经学校推荐，乐以壎到了齐鲁大学。

乐以壎在学校任教的同时，还在济南开了一家名叫"少和齿科"的牙科诊所。

"南湘雅北协和，东齐鲁西华西。"当时，中国有4所有

名的医科大学，分别是南方的湘雅医学院、北方的北京协和医学院、东边的齐鲁大学、西边的华西协合大学。它们都有一个共同的身份——教会大学。

更有意思的是，这4所教会办的医科大学，都有"乐家军"纵横东西南北的身影。乐以壎横跨东西，他先在华西读书，后在齐鲁任教；乐以成从西到北，先在华西读书，后到北京协和医学院进修，师从林巧稚；乐以成的爱人谢锡瑹从南到西，他先在湘雅医学院读书，从华西协合大学毕业后，和乐以成一起到北京协和医学院进修。

在离家万里之外的济南，兄弟俩终于相见。

"先在山东读书吧，有机会再去投笔从戎。"乐以壎劝六弟乐以琴报考齐鲁大学，兄弟俩在一起，相互也有个照应。

乐以琴本名其实为乐以钟，由于没有学历证明，而四哥乐以琴的学历证明正好寄放在三哥乐以钧那里。乐以钟借用了四哥"乐以琴"的学历证明，报考了齐鲁大学，被该校理学院录取。

后来，真正的"乐以琴"也去报考笕桥航校，但因为名字已被借用，只得冒用六妹乐以纯的名字，以至于后来在"以"字辈中，两兄妹都叫"乐以纯"。消息传开，当地便流传着"乐以琴不是乐以琴，乐以纯不是乐以纯"的趣谈。

乐以琴的老家芦山县虽小，但地方戏"芦山花灯"远近闻名。脱胎于傩戏的芦山花灯，表演形式简单，不择场地，器乐也

不复杂，大多是民间乐器，只要在芦山待久了，无论大人小孩都会哼唱几句。

乐家老少都喜欢芦山花灯，乐和洲三兄弟给子女取名，也十分别致，老大乐以埙、老二乐以篪、老三乐以钧、老四乐以琴、老五乐以和、老六乐以钟……埙、篪、钧、琴、和、钟，大多是古老乐器和民间乐器的名称，即便不是乐器的，也与音乐有关。以至于有人戏称："乐氏兄妹待在一起，单是名字，就可以开一场音乐会了。"

"悦亲戚之情话，乐琴书以消忧。"有着"耕读传家"思想的乐和洲三兄弟，在给子女取名上，也隐约透露出乐氏家族的避世心态。

更有意思的是，乐氏子孙的排行也大有考究，从乐以琴这代往下排，"以""近""大""同"，连在一起读，一听就知道，乐氏先辈似乎有着追求"大同"的理想。

虽然走进了大学校园，但乐以琴"身在曹营心在汉"，"直线救国"的理想一直在乐以琴的脑海中盘旋，他一边认真读书，一边寻求弃笔从戎的机会。

乐以琴就像一只蛰伏的山鹰，寻找着捕获猎物的时机，他不放过任何一个尽忠报国的机会。

机会终于来了！

当时爱国将领冯玉祥隐居山东泰山。

冯玉祥经常牙痛，经人介绍，他来到少和齿科就医。一来二去，便与乐以壎成了朋友，牙痛一发作，就找乐以壎治疗。

1932年秋，冯玉祥又一次来到了少和齿科诊所看牙病。

在闲聊时，冯玉祥无意中提到笕桥航校正在扩建，准备招收一批文化程度较高的新生。

冯玉祥的话，正好被站在一旁的乐以琴听到了，他顿时热血上涌。

"报效祖国的机会来了！"

乐以琴心想，读航校，既能上大学，又能进军营，一举两得。这等好事，岂能放过！

幼时"长大开飞机"的梦想，犹如干柴遇上烈火，一下熊熊燃烧起来，让乐以琴热血沸腾。

"大哥，我要读航校！"

冯玉祥刚一出门，乐以琴就缠着大哥，央求他向冯玉祥推荐，自己要去报考笕桥航校。

从平时的言行中，乐以壎早就知道六弟想到前线杀敌，如今机会来了，拦是拦不住了，不如遂他的心愿。

"当空军意味着九死一生，你可要考虑好！"乐以壎对乐以琴说。

"大哥放心！民不畏死，奈何以死惧之！"乐以琴咬着牙说。

"看来六弟是铁了心了，就让他去吧！"乐以壎在心里默默地叹了一口气。

过了几天，冯玉祥又来少和齿科诊所复诊，乐以壎便向冯玉祥推荐了六弟乐以琴。

望着铁塔般的乐以琴，冯玉祥点头同意了。

不过，他叮嘱了一句："当空军可不是闹着玩的，你要做好为国牺牲的心理准备！"

乐以琴咬了咬牙，使劲地点了点头。

在大哥的支持下，乐以琴以齐鲁大学在校学生的身份报考了笕桥航校。

在离开山东前，他给远在成都的二姐乐以成写了一封信，信中说道："父母生我，祖国养我，此时此刻，弟惟有投笔从戎耳！"

当年乐以成"逃婚"出走，老家芦山便成了她的伤心之地。后来，她和谢锡瑮相爱成亲，婚礼是在济南举行的，大哥乐以壎为他们主持了婚礼。

乐以琴从小就对有主见的二姐十分依恋，有什么事他都愿意跟二姐说。报考笕桥航校一事，除了大哥知道外，他唯一写信告知的就是二姐。

虽然乐以琴有冯玉祥将军的推荐介绍，学校还是对他进行了严格的考核。由于体质强健，而且理工科基础知识扎实，乐以琴被顺利录取。

1933年春，乐以琴正式成为笕桥航校第三期飞行队学员。

附一：

乐以钟的乳名叫"寅生"

胡冶钧

1984年7月8日，邀同殷定宇同志，走访了昔日在义丰全烟铺工作的骆秉魁老人。老人今年七十三岁，他不仅是乐家义丰全烟铺的长工，而且幼时是乐家的邻居（住乐家巷），和乐氏弟兄幼时形影不离，感情深厚，深知乐家底细。烟茶已毕，我们的谈话便进入正题。

"老兄贵庚是……？"我问。

"辛亥年生的。今年七十三岁。"老人很谦逊。

"那么，你和乐以钧同岁了。"

"他长我月份。"

"乐以钟呢？"

老人闭目想了一阵说："他和乐以和同岁，乐以和是癸丑年生的，二人相差不到半岁，以和是五哥。"显然，老人把乐以钟的具体生辰遗忘了。

"你和乐家关系密切，对乐以钟当很了解了？"我说。

"那不一定。对乐以钟，我只知道他幼时的情况。自他出门读书起，我们就很少见面了。"

"我们正想了解一下他幼时的事，比如性情啦，习惯啦，爱好啦，学习啦……"

"如说乐以钟的性情呢,脾气倒是很好的。乐伯英家规严,管得紧,他的子侄,一般都不乱惹祸。虽然自己开烟铺,却不准他们吸烟。"老人接着说,"学习呢,乐以钟六岁发蒙,在真道堂读书,也还专心。爱好体育,会洗澡(游泳),他有个绰号叫'释迦佛'。"

"这绰号从何说起?"我插问了一句。

"小时候,他头上生过几个疔疮,长过几个包,就有了这个戏称。"

"你知道他乳名叫什么?"

老人又想了想,扳着手指数着:"维生、留祥、成生、瑞生、庆祥……噢!他叫'寅生'!"

我见老人如数家珍,问道:"听说他家弟兄中有个叫以纯的,是老几?"

老人又数着:"大哥以壎,二哥以篪,三以钧,四以琴,五以和,六以钟,七以雅,八以本,九以伦,十以斌,弟兄十人,哪有个叫以纯的?怕是听错了,只有个以成,是二姐,奶名满秀的。"

我突然有所领悟,击膝说:"这就对了,乐以钟是甲寅年生的,不是癸丑年,所以叫'寅生'。"甲寅是公历1914年。这就是根据了。

"对!对!"殷、骆二位同时拍手称是。

"乐以和可能是癸丑秋冬出生,乐以钟可能是甲寅春夏生的,所以只差半岁。"殷定宇同志补充说。

附二：

回忆乐以琴

胡冶钧

芦山东门乐氏，我们是表亲，乐以钟的叔父乐作舟是我姑父，所以我和以钟，也以表兄弟称呼。以钟行六（大排行），我通常呼他为"六老表"，论生岁，他还是老弟哩！由于我们同是信奉基督教人家的子弟，所以我们青少年时期曾同读于教会学校（雅安明德中学和华西协合中学）。1930年在协中读书时，我俩还是同班生。

以钟自幼身体健壮，爱好体育，打得一手好乒乓球。篮球、足球、排球也无所不会、无一不精，特别是足球，经常打前锋，由于他射门有力，十发九中，在同学中博了个"射匠（将）"的绰号。其他田径运动，也不外行，只是课堂学习上，稍有逊色，特别是上文史课，总是"身在曹营心在汉"，课堂上不搞"外业"就打瞌睡。用他的话来说："胡老表，我二人是贴反的门神爷（意思是我爱好的，他不喜欢；他爱好的，我又不会）。"可有一种爱好，我俩却是共同的，那就是看戏。

1929年，乐伯英阿伯在成都春熙南路开了爿"陈嘉庚胶鞋公司"，地点恰在春熙大舞台紧邻，店后有个小门可通剧场后台，有的坤角为了避免军警、流氓的麻烦，卸妆出场通常都悄悄由小门从鞋店通过。由于有这个关系，剧院特别送给乐伯英一枚免费观戏的铜牌。而这枚铜牌却

又经常被乐以钟拿在手上,在他的携带下,我俩常无阻无碍地进场看"特座戏"。

1931年秋,我们上了高中二年级,课余在华西坝优美的环境里——那高高的钟楼下,那中西合璧的万德门、赫斐院的草坪里,那青翠得如大绿球似的侧柏丛中,随处都有我们协中同学的倩影。而十九岁的乐以钟,对于这种优哉游哉的散步闲聊,却不感兴趣,要寻他么,看吧!那宽宽的林荫道上正在练长跑的小伙子,不正是他吗?

开学不久,九一八事变发生,成都学界中,的确也震动一时,记得还搞过示威游行,贴标语反对过"不抵抗"。然而到底是远处雷声,嗡嗡一阵而已。不久,学校接到通知,要选派运动员参加预定于明年(1932)4月在南京召开的全国运动会(简称"全运会"),成都学联组织的中学生代表队成立了。协中参加的项目中,足球选手就有乐以钟和一位姓林的同学(威远人)。由于协中加强了参赛项目的训练,以钟更是忙得不顾一切,把免费铜牌也扔给了我。年底,我因为参加基督教自养教会运动,被停了会费供给(我是借费生),在协中停了学,转入了四川省立国术专门学校,但仍和协中同学往来不断。与此同时,成都市中学生代表队启程了(据说到南京后,还有一段时间的预备期)。按照上面通知规定,四川选手应在重庆集中,领公费乘轮东下。因而由成都到重庆一段的旅费必须自备。那时成渝还无铁路,陆行靠汽车,水行靠木船。一千多里的路费当然不是小数,学生时期的乐以钟,除了向父亲要钱,别无他法,然而乐伯英说什么也不给,反而责骂他说:"运动会,屁运动会!运动了不吃饭?千本万本,读书为本,废读乱跑,算个啥!"乐

以钟像泄了气的皮球,垂着头束手无策,退出来一头就碰见我二哥胡敬伯。当时乐伯英和胡敬伯同住难打金(今红星南路)100号。敬伯哥问明情况后,慷慨地帮助了他去渝的旅费,他才得以上路。

以上情况,我是清楚的,以下便是耳闻——

听说他们到重庆后,很顺利地就转坐轮船于1932年1月中旬抵达南京。在南京不久,突然发生了一·二八事变和淞沪抗战。影响所及,不能不威胁着近在咫尺的南京国民政府。所谓"全运会"也不得不奉令停止。运动会一停,国民党政府哪管你运动员如何归去,机构撤销了,任你领队教练徒唤奈何。这一下,选手们傻眼了,如鸟兽散,凭自己的能耐,各寻归路。以钟无可奈何,只好跑到上海去找他三哥乐以钧(有一说找过北山西路的胡又新)。不久,听说他又到济南找他大哥乐以壎去了。

乐以壎是山东齐鲁医院著名的牙科医生,同冯玉祥、韩复榘有相当密切的友谊。在乐以钟未去之先,乐伯英在成都听说全运会停了,就估计到以钟可能要跑山东,因而写信告诉乐以壎:"老六如到山东,要严格家教……"所以当以钟到济南之初,很受了以壎不少善意的"冷遇"。但到底手足之亲,骨肉相关,"冷遇"无非是个教育罢了。

以钟在济南,闲耍得无聊,屡屡要求就学或就业,似乎都未能成功。以壎的磨砺,使他受到很大的教训。终于,他借四哥乐以琴的高中毕业证书,报考了齐鲁大学,并被录取。在校期间,他想到强寇侵凌,愤慨国事凋敝,在山东更由于紧靠华北,眼见关外不少东北同胞逃进内地流浪街头的悲惨景况,一种亡国的预感,使那颗要求报国的心在胸膛里不断起伏,然而严兄管束得紧,壮志难展,苦闷极了。正在这时,冯玉祥(一

说是韩复榘）来医院请乐以壎看牙病，闲谈中，冯透露了笕桥航校要各省选送学生，招生条件首先是身体健康，能胜任高空飞行者，其次是文化程度必须在高中毕业以上。以壎问明情况后，当面推荐了以钟，冯玉祥听说是乐医生的亲兄弟，立即召见。以钟就凭他那铁塔般魁梧、健壮的身材，博得了冯玉祥的当场拍板。这样，他就拿着推荐书和学历凭证，到笕桥航校报名去了。从此，"乐以琴"三字被载入了笕桥航校的学生名册。

确切地说，从乐以钟出川起，我俩就未见过面，直到他首创战功。"乐以琴"三字在全国报刊上轰动一时，我才在一本《东方杂志》上见到这位久违的表弟的照片。那已经是正义的抗日战争开始了。他的飞机编号，我恍惚记得是"2204"号，这也是在《东方杂志》上看到的。当时有些报刊称誉他和其他三位空军勇士为"四大天王"。

其他的，我就不太清楚了。

1984 年 2 月 19 日

中篇

雄鹰在江南大地奋飞

1933年2月—1937年8月

济南—杭州—南昌—周家口

引　子

在训练打飞靶时，队员们的命中率达到了90%，超过了教材的要求。但教员高志航并不满意。

"你们平时用轻松的心情打飞靶，还做不到百发百中，到了真正与敌机在空中缠斗时，在紧张的心情下我们的命中率还能高吗？你打不中敌机，敌机就会把你打下来！"

在队员们午休时，高志航叫来乐以琴，让他拖着飞靶飞到鄱阳湖上空，自己尾随其后，瞄准飞靶按钮射击。第一天，命中率95%，第二天命中率97%，第三天命中率100%。

高志航把队员集合起来，说道："乐以琴，你告诉他们，这三天我是怎么训练的！"

当乐以琴讲述完训练经过后，高志航吼了起来：

"我能做到的，你们也要做到！完不成任务，不准吃饭不准睡觉！"

追寻足迹　追访出川抗战路

碉楼无言，英雄千古。

2015年8月13日，我从芦山县出发，踏上了到江南寻找"江南大地之钢盔"的采访之旅。此时，纳入灾后重建项目的乐家碉楼已开始加固维修。

"八月江南风日美。"在纪念中国人民抗日战争暨世界反法西斯战争胜利70周年前夕，我策划了"缅怀抗日英烈，建设美好家园——追寻乐以琴出川抗战路"采访活动。

雅安日报传媒集团十分重视，决定这一外出采访活动由我和记者杨青共同完成。乐氏后人乐近刚、乐大海叔侄闻讯后，给予了采访资助。

其实，在策划这一采访活动时，我曾十分纠结，毕竟这已是70多年前的事了，今天的江南早已不再是昔日的江南了，如果劳师动众，最终一无所获，我们将如何面对乐氏后人和家乡人民？

"我们不怕死亡，就怕遗忘。"但另一个声音在鼓励着我，如果今天不去，以后再去，也许真的成了"风流总被雨打风吹去"。

之所以选择在这一天出门，原因很简单，因为78年前的这一天，中国空军打响了抗日空中战场的第一枪。时任中国空军第四

大队第二十二中队分队长的乐以琴正在这支队伍中。

在乐家碉楼下,乐近刚给了我几十枚"乐以琴诞辰100周年纪念章",嘱我代乐家后人赠送给江南人士,当年正是有着"江南大地之钢盔"美誉的乐以琴,在江南上空血洒蓝天。

乐近孝、乐近雄、乐近儒、乐近范、乐近琼等乐以琴的侄子(女)也用不同的方式,预祝我们的采访活动圆满成功,同时还向我们提供了采访线索。乐以琴的侄孙乐大海也主动向我们赠书,提供采访对象的联系方式。

"谋事在人,成事在天。只要有一线希望,就尽百分之百的努力。"在忐忑中,我们踏上了征程。

我们采访的第一站,是成都市大邑县建川博物馆。

以前我去过建川博物馆多次,在"抗日战争正面战场纪念馆"中,有一尊乐以琴的石膏头像。我们去的目的很简单,跟乐以琴"打声招呼"——告诉他,我们要跟随他出川抗日的足迹进行采访。

在大邑县安仁镇文博旅游发展区管委会吴志维先生的协助下,我们顺利地进入建川博物馆采访。

"笕桥上空,乌云密布。中国空军横空出世……"

乐以琴的石膏头像冷峻而威严,这名"抗日飞将军"的英雄气概震慑人心。

据博物馆的工作人员讲述,这尊石膏头像是从乐以琴的故乡

芦山县民间征集来的。

石膏头像经过长时间的风吹雨淋已经很陈旧，而且石膏头像的制作方法也是七八十年前的制法。制作者先用铁丝和竹篾编织出人头的样子，再将石膏附在表面雕塑而成，因此可以推断这尊石膏头像是乐以琴牺牲后，家乡人民为了纪念他而创作的。

1937年12月3日，日军30多架战斗机进犯南京，乐以琴和他的战友先后升空英勇迎敌。

在这场悲壮的战斗中，敌机众多且火力凶猛，乐以琴受到十几架敌机的重重包围。但他仍以漂亮的动作一次次使敌人扑空，还使敌人互伤。在众寡悬殊的情况下，乐以琴的飞机因水箱、油箱中弹而冒着浓烟往下坠落，他不得已跳出飞机。为了不当敌人的枪靶，他跳出时未打开降落伞，直线下落，待伞刚打开时，身体已经着地，壮烈牺牲，时年23岁。

展厅中，有一幅大型国画《淞沪空战》。这幅国画来源于建川博物馆收藏的一本反映中国空军战斗情况的画册，2005年正面战场馆开馆之时请人创作的。国画展示了中国空军"四大天王"乐以琴、高志航、李桂丹、刘粹刚的飒爽英姿，而背景正是淞沪抗战期间中国空军与敌机交战的情况。

我站在乐以琴石膏像前，与英雄无声地进行交流。

我"告诉"他："家乡人民没有忘记你，家乡的媒体没有忘记你，我们将沿着你的足迹，追访你的出川抗战路，再现逝去的烽火岁月。我们是听着你的故事长大的。时过境迁，我不知道你还

有多少故事留在江南,还有多少历史的见证留在江南。我们将踏着你的足迹,到江南大地上寻找'江南大地之钢盔'。"

我相信,曾经的伤痛虽然已渐渐痊愈,但英雄未曾离开过我们。

就在这时,来了一大批游客,导游向他们讲述淞沪抗战和八一四空战的故事。

"在78年前的今天,淞沪抗战爆发。第二天,中国空军在上海、杭州上空向日本侵略者发起了攻击,取得了八一四空战大捷,大振了中国人民的士气。在这支空军队伍中,就有我们四川雅安人乐以琴,他是中国空军第四大队二十二中队分队长。乐以琴一战成名,在一天的空战中,他就先后击落4架日机,成为中国空军的首位王牌飞行员,并与高志航、李桂丹、刘粹刚一起被称为中国空军的'四大天王'……"导游指着乐以琴的头像,十分自豪地说。

游客们看着乐以琴,脸上满是敬佩。

离开建川博物馆,我们正式踏上了追访乐以琴出川抗战路的征程。

我们的采访路线是这样安排的:

芦山—成都—南昌—上海—杭州—宁波—常州—南京。

为了叙事方便,我按照乐以琴当年的出川抗战路进行叙述。

在江南大地上　乐以琴的故事还在传颂

8月14日晚上7时许，我们来到了当年淞沪抗战前线的上海。

由于时间紧，我们白天采访，晚上转场，就连写稿子的时间也没有，我们只得坐在从南昌到上海的高铁上写稿。好在高铁行进很平稳，3个小时后，传回报社的稿子写完了，我们也到了上海。

在火车站附近随便找了一家便宜的商务酒店，一个标间100多元，十分简陋，但我们什么也顾不上了。简单收拾了一下行李，掏出笔记本电脑就开始写作。我们再把稿子整理一下，然后通过互联网把稿子传回了雅安。接着再跟上海解放日报社联系，请求他们帮助我们确定采访线索和采访对象……

等到这一切都搞定后，已是15日凌晨两三点钟。我们抓紧时间睡觉，准备次日的"战斗"。

15日一大早，我们坐地铁、乘公交车、打的士，辗转来到位于宝山区的上海淞沪抗战纪念馆。

这里，是我们今天采访的"主战场"。

乐以琴击落4架敌机一战成名的时间，正是78年前的8月15日。

这天，也正是70年前日本天皇宣布投降的日子。

1937年8月13日清晨，日军以驻沪海军陆战队官兵两人驱车闯入虹桥机场武装挑衅被击毙为借口，大举进攻上海。上午8时，10辆日军坦克闯入闸北横滨路，数千名日本海军陆战队士兵紧随在坦克之后，向前推进。黄浦江中的日本军舰也向岸上猛烈开火。中国驻军第八十八师当即予以英勇还击，淞沪抗战拉开战幕。

日本海军精锐部队、号称"虎之子"的第一联合航空队下属鹿屋和木更津两个队以中国台北和韩国济州岛为基地，轰炸骚扰我国上海、南京、杭州、南昌及周边地区。

日本侵略者张牙舞爪，十分猖狂，罪行罄竹难书，中国百姓不得安宁，处于水深火热之中。享有"东方巴黎"之称的美丽上海，到处是硝烟、断垣、呻吟，悲愤、凄怆的气氛笼罩着上海。

1937年8月15日，在淞沪抗战打响后的第二天，乐以琴奉命升空作战，阻击日机，在江南大地的上空英勇杀敌。

时隔78年之后，同样在上海，战火的硝烟早已散尽，上海如今已是一座现代化的国际大都市。繁华的大都市，并没有忘记过去的伤痛，建立了多个抗战博物馆，如上海淞沪抗战纪念馆、四行仓库抗战纪念馆、金山卫抗战遗址纪念园……

上海淞沪抗战纪念馆位于上海宝山区的临江公园。

走进公园，只见园内绿树成荫，碧波荡漾，游人如织。

上海淞沪抗战纪念馆于2000年1月建成，同年3月正式

对外开放，是一个全面反映抗战时期发生在上海的两次重大战役一·二八事变、淞沪抗战和上海人民 14 年抗战史实的专题纪念馆。

整个纪念馆占地 10.7 公顷，建筑面积近 7000 平方米，由展览、园林、办公三大区域组成。纪念馆所在地濒江临海，曾是原宝山县县城旧址，也是两次淞沪抗战的主战场。

纪念馆的主体建筑，是一座用钢材、岩石、玻璃等现代建筑材料来表现传统建筑形式之美的纪念塔。建筑面积达 3490 平方米，塔高 53.6 米，共 12 层。其中塔基部分分为三层，是纪念馆的主要展览区域。展厅面积近 2000 平方米，陈列有"抗日战争与上海""血沃淞沪——淞沪抗战史实掇英""上海郊县抗日武装斗争图片展""抗战文化系列——张明曹抗战美术作品展"等展览。陈列运用多媒体影视合成等现代科技手段，配合文物和历史图片文献，使整个展览具有可看性强、时代感明显、极具感染力等特点。

另外，分布在园林 10.7 公顷区域内的《淞沪军民抵抗日军侵略》大型雕塑、"姚子青营抗日牺牲处""淞沪战场遗址"纪念碑、宝山古城墙、水关桥、宝善桥、陈化成塑像、化成广场，以及陈化成纪念馆等人文景观，与临江公园的参天大树、如茵绿草、浩渺长江有机地融合在一起，形成了淞沪抗战纪念馆濒江临海、环境优美、整体协调的格局和特色。

登塔观光，可远眺崇明三岛、东方明珠，俯瞰宝山钢城，长

江、黄浦江的交汇潮水和百舸争流、海鸥飞翔的诱人景色。

8月13日上午,以"铭记历史、缅怀先烈、珍爱和平、开创未来"为主题的系列纪念活动之一"血沃淞沪——八一三淞沪抗战主题展"开展仪式就在这里举行。

"血沃淞沪——八一三淞沪抗战主题展"由中国全面抗战的爆发、八一三淞沪抗战、上海抗日救亡运动的高潮、日军在上海的暴行、正义的声援、历史的审判、弘扬爱国主义精神等七个部分组成。陈列以文物、史料、图片为主,辅以声、光、电互动手段,以及新媒体导览系统,用先进的陈展理念,展示了八一三淞沪抗战的历史真相,激励中华儿女为实现中华民族伟大复兴的中国梦而奋斗。

"铭记历史,缅怀先烈,珍爱和平,开创未来。"一进入纪念馆前,红色大字便映入眼帘。观众自觉排起了长长的队伍,我们随着滚滚人流步入展馆。展厅内肃穆有序。

78年前,乐以琴正是与千千万万抗日英烈一道,在江南大地的地面和空中,英勇地迎战来犯之敌。

"看,中国的飞机在和日本的飞机生死搏杀!"展馆一侧,不少观众驻足观看,并不时发出惊呼声。

这里,正在播放八一四空战视频,在弥漫的硝烟中,在轰隆的枪炮声里,怒吼着的中国战机杀入日本飞机群中,左冲右突,上下翻飞,一道道火舌扑向敌机。

"好厉害,好几架日本飞机被打了下来!"一位老人兴奋地

说道。

这位老人叫朱勇,他是一个抗战空战迷,他对中国空军飞行员有较为深入的研究。老人介绍,八一四空战中国空军取得大捷,但随后的第二天,也就是 8 月 15 日,中日双方的较量更为激烈。

"当年在上海、杭州上空,中国空军在一天之内打下 6 架日机,而乐以琴一人就击落 4 架。仅仅 6 天之后,乐以琴又在 1937 年 8 月 21 日于上海西郊,再次击落两架日机。从此,7 天打下 6 架敌机的乐以琴名声大振。"朱勇向我们讲述了他了解的乐以琴。

得知我们的来意后,朱勇嘱咐我们要好好采访,上海人民没有忘记他们。

我们继续往前,远远看到一块高达两米的红色展板,上面写满了名字。细看,只见上面写着"中华人民共和国民政部公布第一批著名抗日英烈和英雄群体名录"。乐以琴的名字就在这 300 名英烈之中。在这个名单中,一旁注释的小字标明乐以琴等 27 人参加过淞沪抗战。

在旁边的电子显示屏上,我们还看到了首批著名抗日英烈的电子图片——乐以琴也在其中,只见他全身戎装,高大壮硕,目光如炬。

上海,不仅是乐以琴空战立功的战场,还是他走出四川、走上抗战路的第一站。在上海、杭州上空,他和战友打响了中国空军抗击日军空战的第一枪。

上海的上空,也是乐以琴曾击落日机的地方。

当我们走出纪念馆时,临江公园依然宁静。只有树上的知了在不停地鸣叫着。

在公园门口,我们邂逅了雅安市摄影家协会副主席兼秘书长刘南康,他的女儿在上海工作,他是来上海探亲的。

听说我们正在追访乐以琴出川抗战路一事后,他十分激动,主动要求加入我们的采访队伍,为采访组当"义工",负责照片的拍摄工作。

本来解放日报社的同行为我们介绍了几位采访对象,遗憾的是这几位采访对象有的在讲课抽不出身,有的到外地出差了,无法接受我们的采访。

同济大学出版社编辑陈立群先生,近年来一直致力于民间老照片的研究,他已编辑出版了五本《民间影像》。在《民间影像》问世之前,国内与老照片相关的出版物,首推山东画报出版社的《老照片》。《民间影像》与之不同之处在于,每组照片都请原作者、亲历者或者原作者后人、关系密切人士撰写与照片有关的旧事。抗日战争时期的照片,陈立群先生已收集整理了不少,对抗日英烈乐以琴的故事和照片进行收集整理,早就被他纳入了计划中。

陈立群曾到过雅安组稿,也曾为我编辑出版过《穿行在大熊猫村庄》(同济大学出版社,2011年出版)一书,他对雅安的认识,

除了大熊猫,就是"4·20"芦山强烈地震。

而对乐以琴,陈立群只知道他是四川人,并不知道他是四川省芦山县人。

我告诉他:"雅安不仅有大熊猫,更有抗日英烈乐以琴。"

陈立群依然迷惑不解,乐家是一个什么样的家庭?是怎样培养出大英雄的?除了乐以琴外,乐家还有哪些人?

"还有乐以钧,乐以琴的二哥,曾在上海和日本学习过木刻版画。其他的还有不少,乐家17兄弟姐妹,就有14个大学生。你到雅安看看就知道了。"我向他卖了个关子。

陈立群一听就来了劲。他当即表示,将在近期专程到雅安考察乐以钧、乐以琴的家乡。

陈立群还告诉我,有一个上海籍的女同志叫徐霞梅,现生活在常州,退休后专门研究中国空军史,成就卓著。他建议我们有机会可以去采访一下她,肯定会有意想不到的收获。

8月15日晚,我们乘坐高铁奔赴下一个采访地杭州,我们同样是在高铁上完成了在上海采访的稿件。

70多年前,在杭州笕桥,有一群热血男儿,用自己的生命,谱写了国魂。他们是抗战时期中国空军的主力,被称为真正的"天之骄子"。他们用不足300架飞机,和日军2000多架飞机对抗,前仆后继,在空中化为一道道烈焰。

8月15日下午,杭州的天空下起了大雨。我们查了一下天气

预报,说是台风将至,还有大雨。

事实上,每年8月,台风和暴雨都是杭州笕桥必来的"不速之客"。

没有雨的时候,燥热与沉闷笼罩着小镇。古镇有文字记载的历史已经有上千年了,然而,真正让小镇进入历史的视野和人们的记忆深处的,正是1937年8月14日至15日发生在笕桥上空的"笕桥空战",年轻的中国空军击败了骄横的日本空中强盗,将不可一世的日本空军打得落花流水。

78年前的那一天,笕桥也像眼下这样的天气,暴雨时至时歇,天空风云激荡。尽管天气恶劣,空军第四大队仍然按时从周家口机场转场到这里。

笕桥镇位于杭州市江干区,这里是笕桥航校旧址所在地。乐以琴不仅就读于该校,而且就是在78年前的8月15日,他从笕桥机场驾机起飞,与日机展开激烈的空战,并击落4架日机,一战成名。

在笕桥镇街道办事处的帮助下,我们找到了编纂《笕桥镇志》的孙平先生。孙平先生今年已经77岁,退休前在杭州市方志办工作,对民国时期的笕桥航校,他了如指掌。

"抗战时期,笕桥航校培养了一大批飞行员,这些飞行员在抵抗日本侵略中,起到了急先锋的作用。"笕桥航校的校训很简单,只有一句话,立在学校的大门口,学员们进出都能看到——

"我们的身体、飞机和炸弹,当与敌人兵舰阵地同归于尽!"

短短的一句话,让人血脉偾张。

孙平先生介绍,在抗日战争初期,尤其是在淞沪会战后,能够冲锋在前并与日军周旋的中国飞行员,几乎都是笕桥航校的老师和学生。其中,像高志航、乐以琴这样的空军佼佼者,更是中国空军的骄傲。

1932年秋,笕桥航校第三期从全国各地7000多名报考的大学生(或在校或毕业)中,录取了43名入伍生,乐以琴以齐鲁大学在校生身份被录取。因人数不够,又招收了42名高中毕业生,同时并入因九一八事变后从东北航校南下的学生中,于1933年2月24日到杭州梅东高桥学生总队入伍生队报到,然后展开为期6个月的入伍生基础训练。

1933年秋,乐以琴等第三期学员正式进入笕桥航校本部,两地相距约10公里。后来,又加收了30多名南京陆军官校转来的部分学员,飞行学员总人数达到130多人,然后经过初、中、高级飞行训练,超过一半的学员遭到淘汰。

在杭州西子湖畔的航校学习期间,强烈的爱国热忱激励着乐以琴,他无意游览西湖美丽的湖光山色,而是在教员高志航等人的指导下,刻苦学习飞行技术和空战理论,渴望早日飞上蓝天,与日本空中强盗决一死战,消灭侵略者。乐以琴虚心求教,认真钻研,飞行动作娴熟敏捷,进步很快,被师生公认为学习驾驶驱逐机的优异生。

孙平先生告诉我们，笕桥地处交通要道，历为军事要地，素有"大营笕桥"之称。笕桥航校旧址就位于笕桥东北部的横塘村，原来的航校建筑，如办公楼、食堂、美龄楼等民国时期的建筑，依然保存完好。

硝烟散尽，如今笕桥航校旧址已是全国第六批重点文物保护单位之一。笕桥航校校址在笕桥机场内，该校遗存的主要建筑包括办公楼、醒村、食堂、机场医院等。

航校旧址大门前矗立着一根铁旗杆，高38米，据说都是当年的旧物。航校的外墙一色金黄，主楼巍峨，其建筑类型独特，有明显的西式风格和军事建筑特点，现已是海峡两岸人民共同的爱国主义教育基地。

孙平先生的讲述，为我们再现了高志航、乐以琴等空军勇士英勇战斗的风采。

笕桥航校是中国近代规模最大的航空专业人才培训基地，其影响遍及全国，吸收了广大有志于飞行事业的爱国青年入校学习。从1931年扩建完成至1937年全面抗战爆发，这里先后培育了500多名飞行员和航空机械等方面的空军人才。

如今，战火的硝烟已经不再，但笕桥依然是那场中日空战中不可忽视的地方。

笕桥机场如今是军事管理区，我们未能进入其旧址采访，虽然有些遗憾，但我们欣喜地发现，笕桥的普通市民，在时隔多年之后，仍记得中日空军在笕桥上空的那场鏖战。

穿行在狭窄的笕桥镇老街，我们在笕桥街128号见到一位头发花白的老人正悠闲地坐在自家房屋前乘凉。我们走过去，与老人打招呼："老人家，你是本地人吗？你听说过民国时期的笕桥航校吗？"

话音刚落，老人就从藤椅上直起身来，大声回应道："我就是土生土长的本地人，我当然听说过笕桥航校喽！"

这位老人名叫张志林，今年71岁，原在中国建设银行杭州分行工作，故土难离，退休后回到笕桥养老。

张志林告诉我们，抗战胜利那年，他才1岁多，但他是听着爷爷张传根讲抗战故事长大的。

在抗战初期，日本人曾多次空袭杭州笕桥，目标就是要炸毁中国空军的笕桥机场。

"当年日本飞机往地面扔炸弹，还进行密集的子弹扫射，造成市民死伤无数。我的大伯父就死在日本机枪的扫射下。"说起过去的事，张志林十分悲愤。

他更知道高志航、乐以琴等空军将士在笕桥上空的英勇事迹。

"日本飞机轰炸笕桥，老百姓一开始四处逃散。后来看到中国空军出战了，而且还击落了日本飞机，大家都不跑了，站在地上为中国空军加油呐喊。看到喷有'膏药旗'的日本飞机被打了下来，大家都跑过去，如果发现日本飞行员活着，就捉飞行员当

俘虏。"张志林向我们有声有色地讲了起来。

这一切，都是爷爷讲给他听的。爷爷还告诉他："你要记住打下日本飞机的英雄，他们叫高志航、乐以琴……"

"以前笕桥镇只有一条狭长的独街，现在街道多了，这条过去的独街，就成了现在的笕桥老街。以前的笕桥老街并不宽，但很漂亮，街道两旁，大多是两层楼的木房子，结果被日本飞机炸了好几次。后来新街发展起来了，寒碜的老街就破落了。"

张志林的父辈是做烛台生意的，以前有一个大的四合院，院中有天井，院后有亭台和水井。后来，被日本飞机炸毁了。原来的井盖是两块半月形的大条石，拼在一起，就成了一个圆圆的井口。半月形的条石被日本飞机炸没了，后来只得用没有底的坛子倒扣在上面，权当井口。

走进张志林家的后院，我们看到这口古井。"这是宋代的水井，已作为文物保护了起来。"我们走近一看，江干区为这口井立碑保护，并修建了凉亭。

张志林不仅知道乐以琴，还知道乐以琴的老家就在四川省雅安市芦山县。当"4·20"芦山强烈地震发生后，张志林便在第一时间给灾区捐款500元。他的儿子在杭州做服装生意，更是二话没说，当天就为乐以琴的老家芦山县灾区群众捐赠一大货车的羽绒服，并亲自送到芦山。

"我们这样做，算是表达一下我们对英雄和英雄故乡的敬意。"张志林说。

中国空军　起步早发展慢

1933年2月24日,在乐以琴心目中是一个特别有意义的日子,因为在这一天,他正式跨进了军营。

"长大开飞机",幼时的梦想开始变成现实!

走进军营,乐以琴才知道,"开飞机"并不是一件简单的事。

在教官的讲述下,乐以琴等人明白了飞机的诞生和中国空军的来历。

1849年,奥地利帝国在围攻威尼斯城时,使用了200个无人操纵且携带30磅炸弹的纸质热气球,引发了新的恐惧。

1903年,美国人莱特兄弟发明制造了世界上首架飞机,很快飞机就被用于军事目的。开始飞机只是用来从空中向地面敌方阵地侦察和拍照,后来出现了轰炸机和轰炸航空兵。第一次世界大战期间,空袭作战方式已被广泛运用。

清末,孙中山在海外为筹措革命经费进行募款时,曾获当地华侨赠送两架奥地利制艾瑞克型机(Etrick),华侨希望该款飞机能用于革命行动中,不过当飞机运抵中国南苑之时,武昌起义已成功。

早期从海外回国的飞行员冯如、谭根、林福元、张惠长等人，为中国早期航空事业发展建立起了基础。冯如是中国首位飞机设计师、制造者和飞行家，生于1883年12月15日，广东恩平人，因生活环境因素，于12岁时随亲戚赴美国旧金山谋生。1903年，当冯如得知莱特兄弟发明飞机并飞行成功后，他决心要以自己的力量来制造飞机。在旅美华侨的赞助下，冯如在旧金山创办广东飞行器公司。

冯如自己研制的首架飞机于1909年9月21日接近黄昏时分，在奥克兰附近一个圆形山丘旁进行首次试飞，由冯如本人亲自驾驶，试飞取得成功。

1910年7月，冯如参考寇蒂斯的金甲虫（June Bug）及莱特兄弟的飞行者一号（Flyer Ⅰ）两款构型的设计，设计制造第二架飞机。同年10月至12月，冯如驾驶此架飞机在奥克兰进行飞行表演大获成功，受到孙中山先生与旅美华侨的赞赏，并获得美国国际航空学会颁发的甲等飞行员证书。1911年2月，冯如谢绝美国多方的聘任，带着助手及两架飞机回国。辛亥革命后，冯如被孙中山任命为广东革命军陆军飞行队长。1912年8月25日，冯如在广州燕塘的飞行表演中不幸失事丧生，被追授为陆军少将，遗体安葬于黄花岗并立碑纪念，被尊为"中国航空之父"。

中华民国临时政府成立后，孙中山有感于国内发展航空事业的重要性，请求谭根返回美国筹建飞行学校。1918年谭根赴美募款，并于年底前引进数架双翼教练机至广州。谭根在美国时曾于寇蒂斯创办的飞行学校学习飞行，1915年在香港九龙湾驾驶水陆两用飞机进行飞行表演。林福元也是自寇蒂斯飞行学校取得飞行执照的华裔美国人，1919年夏季回国并在广州进行一连串的展示飞行。这两位受到广州地区民众欢迎的飞行员均有意创办飞行学校，但后来因国家财政拮据而计划中止。张惠长是于1916年进入美国航空学校受训的学员之一，返国后曾完成历史性的南北长途飞行创举。

1923年，苏联代表至上海与孙中山会谈，允诺协助国民政府建立优良的陆军及空军，次年俄籍飞行教官抵达广州。同年广州航空学校成立，并自陆军军官学校（黄埔军校）第一期毕业生中遴选王叔铭等八位进入航校受训，航校此时在编制上隶属于陆军。

"飞机一物，自大于行军。"孙中山深知航空在军事上的重要性，在致南洋革命同志函中提到"飞机为近世军用之最大利器"。为充实国家军事力量，以击溃军阀，他大力倡导"航空救国"。华侨青年飞行员杨仙逸于1917年应孙中山之邀回国加入筹建航空队的工作，1919年在漳州组建中国第一支空军航空队，任总指挥。

当时中国飞机采购来源极为困难，1923年杨仙逸在任大帅府航空局局长时，向孙中山建议以自制飞机来解决外购不易的问题。在两位美籍航空工程师的协助下，向美国采购输出功率80马力的航空发动机等飞机重要零组件，在广东完成组装并试飞成功。该架国人装配的首架双翼飞机，孙中山以夫人宋庆龄英文名

字 Rosamond 命名为"洛士文"号。同年 9 月 20 日，在讨伐军阀陈炯明时，杨仙逸因水雷爆炸遇难，年仅 32 岁。

中国空军早在北伐之前就已经有了雏形，真正形成战斗力还是在 1931 年九一八事变以后。

1932 年一·二八事变爆发，日军出动了包括航空母舰、重型巡洋舰、飞机、坦克、重炮在内的各种新式武器。国民政府也出动空军抗战，中日两军开始有了正式的空战，而此战却暴露出中国空军的巨大问题。此次战役中，中国空军开始仅能使用 9 架飞机，而日军两艘航母上就有 81 架飞机，双方在数量上有着 8 倍的差距。经过三次激战，中国空军就损失 4 架飞机，日军也损失 4 架飞机（其中 1 架是地面炮火击落），但日军飞机数量众多，这 4 架损失对他们根本不算什么，对于中国空军来说则是损失了将近一半的实力。元气大伤的中国空军，再也不敢继续参战，转移到徐州机场，等于放弃了对制空权的争夺。

一·二八事变以后，蒋介石深感空军力量的薄弱，开始大力整顿空军。他任命夫人宋美龄为航空秘书长，负责监督空军的各项工作，同时提拔了一批年富力强的空军军官成为空军的负责人，比如后来的空军总司令周至柔。

经过几年的发展，中国空军实力比 1932 年强大了几十倍，也形成了相当的战斗力。在淞沪抗战爆发前，中国空军飞机总数是 346 架，空军实际登记在册的是 296 架。这里面还有一部分的教练机、运输机等无法作战的飞机。能够和日军飞机正面对抗的，只

有150架左右。而当时日军海军和陆军航空兵总实力为3000架，还有每年生产上千架的能力，数量上有压倒性的优势。

至于质量上，中国空军的飞机相比日军主力战斗机和轰炸机都落后一截。而且飞机基本都是购买的，五花八门，打一架少一架。飞机零配件也得不到补充，就只能将一架飞机拆开当作零件使用。如中国空军的亨克尔He-111德制轰炸机，本来有6架，但因为零件补充困难，只好将其中3架的零件拆卸提供给3架使用，最终只有3架能够升空作战。而日军飞机清一色都是自产的，不但制式统一，而且补充迅速，还不断更新换代，战斗力更强。

在飞行员的训练上，中国空军更是有明显的差距。空军顾问陈纳德对日军飞行员的评价是：他们都受过严格训练，是优秀的机械操纵者，而且非常好斗，唯一的缺点就是过于死板，缺乏创造性。陈纳德对中国空军飞行员评价并不高，但主要的指责却是在训练他们的教官上。陈纳德认为，当时的空军教官极为无能，为了博取国民党政府高层的欢心，往往以全部通过的方式完成所谓的教学。其实任何一支空军都有一个极高的淘汰率，以选拔最为出众的飞行员，淘汰掉不适合的人。但当时的教官从不淘汰一个人，这样培养出来的飞行员能力参差不齐，既有飞行技术精湛的好手，也有连航线都飞不好的"菜鸟"。

就是在这种情况下，淞沪抗战中，中国空军仍然拼死作战，一度给日军造成很大的威胁，但自身也消耗殆尽。到了日军攻打南京的时候，中国空军力量只剩下两到三成，只能依靠苏联支援

航空队来协助防御。

由于日本空军在数量上相对中国空军有十倍的优势，日本主力战机在性能上又有明显的优势，所以中国空军虽然打了很多漂亮的战役，却逐步消耗殆尽。日军的损失其实跟中国空军差不多，但是日军可以迅速补充，中国空军则不能。

对中国空军影响最大的，其实还是飞行员的消耗。

任何一支空军在实战中都有很大消耗，关键是有补充能力，能够弥补消耗。中国空军的规模很小，加上无法自产飞机，所有飞机都必须向国外购买，所以数量和质量根本无法保证。最终结果就是，飞机只能是越打越少，实力越来越弱。至于飞行员的消耗，更是无法得到有效补充。

笕桥航校的训练能力也是极为有限的，从开办的1931年到抗战前，6年时间一共培养了500多名学员，平均每年的毕业生只有80多人，其中还包括一部分地勤人员。而在抗战中，往往一场战役就要损失上百名甚至数百名飞行员，这样薄弱的补充能力怎么行呢？所以飞行员越打越少，补充不了，只能赶鸭子上架，让现役飞行员增加出勤力度。

到了1938年初，中国的飞机已经损失殆尽，飞行员也伤亡大半，飞机更是损失超过八成，几乎已经没有战斗力。徐州会战期间，日军基本掌握了战场制空权，中国的轰炸机只能采取偷袭方式作战。当时由于轰炸机基本都被击落，飞行员只能在不能安放炸弹的战斗机上手工焊接上小号炸弹，作为支援地面战场使用。

笕桥航校　我来了

我们回过头再说笕桥航校的建立和发展。

"无空防即无国防。"1931年春，国民政府在原南京中央军校航空队的基础上，建立中央航空学校，蒋介石任校长，择址杭州笕桥。广东航校二期毕业生、当时26岁的毛邦初（1904—1987）任副校长。毛邦初是蒋介石原配妻子毛福梅的亲侄子，先后在苏联、意大利留学，成绩优异，深为蒋介石器重。1931年4月，校舍和机场等建成，并由外籍顾问协助各项飞行训练工作。

1932年9月1日，航校扩编改制，改制后的航校改采美式器材、教材及训练方式。笕桥距离杭州市中心10公里，地势平旷，可随时支援上海和南京。当时笕桥航校分为东、西两个区域——东区为教学区，有教学楼、图书馆、机场、油库、机修厂、飞机制造厂等建筑和设施，西区为办公生活区，有运动场、办公楼、学生宿舍和别墅群等。

航校聘美国人为顾问，并向美国购买教练用机。学校设飞行科、机械科（从第4期开始设立）。学习内容有飞行学、航行学、飞机构造学、发动机学、空军战术、无线电通信及英语。

航校学生最初是从黄埔军校（陆军军官学校）的毕业生中选

拔，后来面向全国招生，招生要求高级中学毕业以上，年龄在18—24岁，体格、志愿适合飞行。入学生班的先受6个月的入伍士兵教育，考试及格升入本科；本科教育分初、中、高3级，各4个月。初、中级学习基本飞行，高级专习驱逐、攻击、侦察及轰炸飞行。学员通过初级、中级与高级三个阶段，方可毕业。

虽然乐以琴等人是笕桥航校成立后招收的首期学生，但原陆军军官学校招收过两期航空班，依此顺序为第三期。

其实，乐以琴最初走进的还不是真正的笕桥航校，而是杭州梅东高桥学生总队入伍生队，换种说法，算是"准航校生"。

在这里，乐以琴等人接受了为期6个月的入伍生基础训练。

"从梅东高桥到笕桥有多远？不远，只有10公里。你们跑步不到一个小时就到了。但我相信，在你们当中，有的人一辈子都走不到那里！"

入伍生训练的第一天，教官就给了他们一个下马威。

果然，在接下来的严酷训练中，一个又一个的学员被无情地淘汰了，他们有的是吃不了苦，有的是身体素质不行，训练强度一大，就倒在地上起不来。

铁了心要当空军的乐以琴坚持了下来。

150人入学，最终走进笕桥航校的不到100人，再经过飞行淘汰，最终只有61名学员走进毕业典礼的殿堂。

航校以笕桥旧大营为基地，圈地200余亩，大兴土木，拓辟

机场，建筑工厂和飞机棚，扩展校舍。还在沪杭铁路铺设专用支线，通过工厂机棚，直达半山军火仓库。兴建航空新村"醒村"，开设航空子弟小学和幼儿园。1933年，又在河南开设洛阳分校。

笕桥航校的学制是由美国顾问帮助制定的。学生经录取后入伍教育六个月，飞行科初级飞行教练和中级飞行教练各三个月，然后分组进入高级飞行，驱逐、轰炸、侦察各为六个月，共计一年半时间。飞行科每天上午进行飞行教练，下午上学术科目和政治讲堂。高级班的飞行员则在下午飞行。机械科学员上午上讲堂，下午到附属工厂实习。课堂除一般的理论讲堂之外，还有装置特殊设备的轰炸教室、侦察教室、无线电教室等。

刻苦求学　飞鹰在这里成长

当乐以琴和他的第三期学员战友走到笕桥航校的大门口时，只见两枚大炸弹作为路标，旗座下面是一块巨石，上面刻着几排字，教官厉声喝道："这是航校的校训，请你们大声朗读出来！"

"我们的身体、飞机和炸弹，当与敌人兵舰阵地同归于尽！"

走进航校的当晚，是一个月圆之夜。

乐以琴怎么也睡不着,望着窗外的月亮,他向远在千里之外的父母写了一封信,再次表达了他已做好为国牺牲的准备:

"河山变色了,民族快沦亡了,敌人的凶焰像潮水般涌来,我眼看着日寇这样横行,心中的愤恨如烈火燃烧。我不忍看着同胞们被残杀,我不愿再坐在课堂读书了,我决意从军,为国牺牲,为争取民族生存,宁可让我的身和心永远战斗,战斗,直到最后一息!"

1933年9月1日,乐以琴等第三期学员正式进入笕桥航校本部。

当乐以琴和学员走进教室时,迎接他们的老师是"独臂将军"石邦藩。

1932年淞沪抗战杭州湾上空的战斗中,石邦藩击落一架日本侵略者飞机,而他的飞机中弹68发,手臂被射成重伤,后来做截肢手术,断臂一直浸泡在福尔马林的器皿中,存放在航校。

新生入学的第一课即是石邦藩开讲。

第一课就是讲空战经过——甚至不必开口,他本身就是一段历史、一个精神标杆。

"微风吹来,这位英雄空洞的左袖,便从左臂上端拂到右肩,像一面小小的旗子轻微地飘动着,于是我们便停止了正在进行中的微笑……"

当乐以琴一看他那空空的衣袖,顿时热血沸腾起来,胸中燃烧起熊熊大火，那一刻他明白了什么叫"用我们的身体炸弹来对付侵略者"。爱国主义、英雄主义有时不只是写在校门口的标语口号，更是前赴后继者的热血和生命写成的。

开学第一课，对学员的具体要求是，具有强健的体魄，且具备"正确的认识、清晰的头脑、丰富的学识、敏锐的反应、优越的技能、追求新知的热忱与勇敢活泼冒险犯难的精神"。苛刻的标准使空军入选人员的淘汰率达到了54%。

刚走进校园时，学员们原本的头发到底有多长？打扮有多时髦？罗英德、周竹君这两名来自金陵大学的学生是西装革履，坐着黄包车直接进校园。学生蓄长发，在校园行走不成行伍，内务糟糕，晚自习不去自修室而是在宿舍看书随意坐卧；休息日外出时军容不整，风纪扣不扣，内外腰带系得不合规，偶遇长官甚至不会敬标准军礼……总之没有军人样。于是空军入伍生队应运而生，第三期学员是首期入伍生。

入伍生训练为期六个月，从内务训练、体能训练、单兵技能训练直至连级野战攻防训练，立竿见影改变了青年们的精气神。

剪掉长发，穿上草绿色陆军军装，就是军人了，但学员们的生活自理能力很弱，每天清晨需要提醒："入伍生们，快快起来，今天天晴，穿草底鞋！入伍生们，快快起来，今天下雨，穿胶皮鞋！"出队训练，空军入伍生队列总被围观，队列打头的是两米高个儿张锡祜，押队是独臂队长石邦藩，这两人总是那么显眼。

学员来自祖国的四面八方，入伍生训练结束后，他们已结下

了深厚的友谊。大家自发编了本纪念册,夏振扬任总编。编后的最后一段话是这样写的:"在我们颠仆着前进的生命征程中,从这本册子里边,我们总可以去找一点儿以往一段生活的真实的痕迹。"

少数学员被幸运录取后待遇极为优厚,见习期间的薪水为每人每月银洋75元,半年后见习期满,即加到银洋150元,在当时等值于黄金9两。那时候,即便每天大鱼大肉,一个月所花银洋也不过十多元而已。花不完的薪水可以去杭州、上海定制面料最好的西服,买进口相机、自行车。这些飞行员被称为"飞将军",他们享受的物质待遇,远远高于同级别的陆海军军官。学员们都定制最好的衣服,享用最佳的伙食,选购照相机、马靴等奢侈品,每人都有一辆自行车,拥有汽车的也不乏其人。

也许有人会觉得高官厚禄是年轻人积极进入航空队的主要原因,但其实并非如此。在招生条件中对报名人员的高中学历要求决定了他们大都家境优越——有钱送他们读书,其中包括了很多富商和高官子女,堪称一群报效祖国的"富二代"。

此时,第三期航校学员又加收了南京陆军官校转来的部分学员,飞行学员总人数达到130多人,然后经过初、中、高级飞行训练,超过一半的学员遭到淘汰。

从报考航校的那一天起,乐以琴就知道自己踏上了一条不归路。

在军阀割据的年代,中国空军起步最早的是东北奉系。1920年,张作霖开始组建空军,但让人唏嘘的是,在九一八事变中,东北空军的各种飞机200多架,全部落入日本关东军手中。在东北航空处飞鹰支队中有"战神"之称的高志航只得一路南下,后来成了笕桥航校的教官。

高志航,原名高铭久,字子恒。1908年6月出生,辽宁通化(今属吉林省)人。1924年,高志航从教会学校"奉天中法中学"毕业后,考入东北陆军军官教育班学习。这一年东北军扩建空军,招考飞行员赴法国学习,他把名字"铭久"改为"志航",表明志在航空的决心。最终,他如愿前往法国学习军事飞行。

1929年1月,高志航学成回国,被分配到东北航空处飞鹰支队任少尉飞行员。在飞行演练中,他以高超的飞行技术赢得官兵们的称赞和敬佩。一次演习中,他的右腿被弹出的操纵杆打断。经过两次手术康复后,他依然坚持要求重上蓝天。

1931年,高志航晋升少校,任飞鹰支队支队长。1935年,他奉命前往意大利购买战机。1936年5月,高志航回国,历任空军教导总队副总队长、第六航空大队大队长、第四航空大队大队长等职。

"你们有为国牺牲的决心吗?"

飞行的第一课,高志航把他满腔的家仇国恨也传递给了学员们。

高志航点燃了学员们的怒火,强烈的爱国热忱激励着他们渴望早日飞上蓝天,与日本空中强盗决死搏击。

为解决"活"和"准"的问题,高志航经常在飞行训练完毕后把队员集中到跑道上,检讨飞行中的问题。

有一次,高志航就飞机被敌机咬住尾巴射击时,怎样予以摆脱的问题和大家一起研讨。他说:"如果发现敌机在你的座机背后追上来咬住你的尾巴,越逼越近,你就应该立即采取应变措施——马上翻一个筋斗,然后将机身拉高,绕到敌机背后,出其不意,反咬住它的尾巴,变被动为主动,这时就可以按钮射击。"

有的队员认为这个动作难度太大,为难地说:"向外那样翻筋斗再立即拉高,离心力太大,飞机和人都受不了这种抗力,很难做到,恐怕不行。"

"谁说不行?那种抗力也只是片刻。我们要锻炼的就是这种抗力和耐力!"

高志航大声说:"当你被敌机咬住尾巴时,你除了翻身逃脱之外,没有别的办法,这个动作做不到,你只有挨打的份!"高志航知道,虽然他这样说,有些队员还是不能信服。

为了现身说法,高志航一面转身奔向座机,一面跟队员说:"你们注意,看我的!"

他发动引擎,飞机直冲蓝天,在机场上空绕了一圈,飞到队员的头顶上,猛然向外翻一个大筋斗,像鹞子翻身,把飞机飞向右下侧,然后又猛地一个急滚,机头一抬,只听一声刺耳的吼

声,飞机已从后侧方重新爬升,又往机场上空穿云而过。这时如果真的有敌机,肯定已经换了攻守之位,被高志航的飞机咬住了尾巴。

高志航着陆后,神色从容地走向大家,大声地说:"在我们队里,没有'不行'两个字,大家听到没有?"

大家大声回应道:"听到了!"

于是,队员们都按照高志航的要求严格训练,特别是在两架飞机模拟追咬上下功夫,经常做鹞子翻身的动作,变换攻守之位,争取在战场上取得主动权。

在山区长大,从小就看到鹞子在空中翻身、飞翔的乐以琴很快就学会了在空中急滚、上下翻飞的动作要领,受到了高志航的称赞。很多学员不敢请教严厉的高志航,就在私下向乐以琴请教心得。

乐以琴也不藏私,将自己的心得体会讲述给大家听。学员们的飞行成绩很快就上去了,让高志航很欣慰。

乐以琴始终不忘自己报考笕桥航校的初衷:"学好本领才是硬道理。"他刻苦训练,努力学习,最终以优异的成绩迎来了毕业的这一天。

130多名学员,此时只剩下61人。

他们于1933年2月23日入学,历经入伍生、初级、中级、高级飞行训练,1934年12月30日毕业61人(其中侦察科13人、

驱逐科20人、轰炸科28人），后来阵亡9人、因公牺牲20人，共牺牲29人。

学员们进入航校前的学历虽然参差不齐，但起点都不低。

学员沈崇诲擅长足球、棒球、网球，是足球场上的"拼命三郎"，参加过多次华北、全国赛事，所在的南开男篮称雄华北，学员陈汉章也是成员之一。乐以琴作为田径选手代表四川参加过全运会，佟彦博精通网球，曾是张学良的陪练。可以说进笕桥航校的几乎都是各省市顶级运动员，体格显然是非常重要的录取标准。

学员家境各异，不少出自名门：沈崇诲之父据传是著名的法官沈家彝；张锡祜之父是著名"爱国三问"（"你是中国人吗？你爱中国吗？你愿意中国好吗？"）提出者、南开大学校长张伯苓……

当然，也不是所有学员都是"富二代"或名门之后，也有出身一般的，但总的来说经济条件不错，正所谓"穷文富武"。

笕桥航校第三期61名毕业生的籍贯：

辽宁（12人）：陈步云、曹志瑚、安锡九、谭文、李向阳、赵文瑞、孙韵生、李生荣、文魁联、闵学武、苏显仁、马广芹。

江苏（9人）：沈崇诲、佟彦博、邵瑞麟、黄保珊、张伟华、赵际唐、王倬、张锁魁、张昌玺。

浙江（9人）：夏振扬、姜献祥、郑景和、梅元白、顾青阳、吕基淳、陈汉章、方朝俊、陈嘉麟。

广东（9人）：李学炎、黄汉文、周竹君、罗英德、林觉天、

梁国璋、刘龙光、杨仲安、雷炎均。

山东（5人）：张琪、刘宗武、刘承祜、马兴武、傅瑞瑗。

河北（4人）：张矩祖、顾兆祥、王世铎、王承先。

四川（3人）：郑少愚、乐以琴、张嘉惠。

湖北（2人）：曾庆澜、汤卜生。

湖南（1人）：王育根。

上海（1人）：杨季豪。

广西（1人）：李嘉礼。

山西（1人）：张俊位。

天津（1人）：张锡祜。

热河（1人）：祝鸿信。

吉林（1人）：赵国藩。

绥远（1人）：李兴唐。

在乐以琴的同学中，四川老乡郑少愚有着传奇的经历。

1913年10月，郑少愚出生于今四川省达州市渠县，1930年，他考入黄埔军校第八期。在校期间，他深受同为四川老乡的共产党员同学的影响，思想上有很大的进步。入伍生训练结束后，郑少愚与20多名同学外出旅游，在返校的火车上，他们与宪兵发生纠纷。郑少愚首先站出来代表大家与宪兵理论，结果回到学校后，却被校方因故开除。

一心投笔从戎的郑少愚并不气馁，1933年，他又考取筧桥航校第三期。老乡见老乡，两眼泪汪汪。乐以琴和郑少愚自然走得很

近,在有意无意间,乐以琴多多少少接受了他的进步思想。由于他爱读书,思想坚定,而且认死理,同学们给他取了个外号"老洋",说的是他的秉性像直来直去的洋人而不像处世圆滑的中国人。

后来,郑少愚毕业后留校任教,他的人生迎来了一个重大的转折——他秘密加入了中国共产党。1937年2月,郑少愚在给他的航校同学兼好友罗英德的信中写道:"暴日蚕食,已至华北,看来战事即将爆发,我已向校方请求调赴部队,我们有用武之地了。"归队后的郑少愚与乐以琴成为第四大队的战友,他先后任分队长、大队长,屡立战功。乐以琴追求进步,自然也受到了郑少愚的影响。

1942年4月22日,郑少愚去印度接领飞机回国,当他驾驶一架P-43A-1战机,从印度经驼峰航线回国,途经泽波尔上空时,飞机突然起火坠地,郑少愚不幸遇难,年仅30岁。此乃后话。

1934年12月30日,笕桥航校举行毕业典礼和毕业恳亲会,参加毕业典礼的全体学员和其他在校学员一起在空中进行大编队表演。

首先升空的是两个四批各九机编队,再后是一批九机编队,然后是两批各三十机编队,共同组成一个100余架飞机的大编队,从机场起飞后,飞到钱塘江上空集合,再向北按顺序飞向杭州城,沿着沪杭铁路,飞回机场,在阅兵台前通过。分列式浩浩荡

荡地在空中飞过,完成了中国有史以来第一次空中分列式表演。

分列式结束后,乐以琴、吕基淳两人代表学员在空中进行特技表演。他们驾驶着飞机在低空中打滚、翻筋斗、尾旋、俯冲、倒飞、垂直上升等,精彩非凡,赢得了观众的赞赏。

在很多人眼里,空中特技是表演项目,其实不然,它是空战中制胜的技能,往往胜负就决定在那分秒间的操作,特技动作越是熟练的飞行员越能克敌制胜,在危急关头往往能转危为安。乐以琴、吕基淳就是同期学员中特技飞行的佼佼者。

在场观看的美国顾问家属,个个显出十分惊诧的神情:"真想不到中国人也能学会这样的本领!"

毕业典礼的重头戏是恳亲会。

从四川到杭州路途遥远,交通不便,乐以琴的父亲乐和洲忙着做生意,不可能到杭州参加儿子毕业典礼和毕业恳亲会。乐以琴的大哥乐以壎只得从济南赶到杭州,代表父亲乐和洲作为"家长"参加了恳亲会。

郑少愚的父亲特意从千里之外的四川渠县赶来,高高兴兴地参观校园的每一个角落。

学员张锡祜的父亲张伯苓是天津南开大学校长,他也参加了恳亲会,被家长们推举为家长代表。他代表家长发言:家长们放心把子弟交给国家,并勉励全体学员应服从命令,尽忠报国。

12月31日,笕桥航校邀请家长乘坐运输机,在空中俯瞰西湖。

由于运输机上没有座位，校方便在飞机上绑上藤椅，供家长乘坐。大多数家长都是第一次坐上飞机，非常高兴。他们的心中或许为儿子感到高兴，但他们并不了解飞行员的危险性——在两年后的中日空战中，这期学生的死亡率超过了50%。

在临别茶话会上，校方向家长赠送杭州丝绸两匹、"艰苦卓绝"横匾复制品一副、杭州特产食品一盒。

1935年新年的第一天，乐以琴与大哥乐以壎分手告别，乐以壎返回济南，他回四川看望亲人。

> 得遂凌云愿，空际任回旋，报国怀壮志，正好乘风飞去！长空万里，复我旧河山。努力！努力！莫偷闲苟安，民族兴亡责任待吾肩。须具有牺牲精神，并展双翼一冲天！

一个月后，乐以琴返回学校，等待分配。在雄壮的军歌声中，乐以琴等第三期学员唱着航校校歌，走出了笕桥航校的大门。

1935年2月，乐以琴等人从杭州坐火车到上海，再转车至南京，由南京下关搭乘江轮，溯江而上至九江，再到南昌，待命分配。

驻守南昌　烧瓷明志以身许国

在待命分配期间,乐以琴和战友乘船前往武汉游玩。

乐以琴在武汉游览时,看到了长江中的日本轻巡洋舰"天龙号"。

望着飘扬着日本国旗的"天龙号",乐以琴气得挥了挥拳头。

他对日本侵略者的满腔仇恨,在武汉一件购物小事上也表现了出来。

乐以琴和同学刘宗武在武汉购买相机,付钱后准备离去时,突然发现手中的相机是日本货,日籍老板正从店后走出来。乐以琴二话不说,咬牙切齿地说了四个字:"退货!退钱!"

店员一脸歉意,给他办理了退货手续。乐以琴还不解气,把气撒在店员身上:"你怎么能为日本人服务?"

店员小声地说:"对不起,有家小要养,不得已在此工作。"

在笕桥航校,高志航、刘粹刚等很多教官和学员都是东北人,每年9月18日这天,他们都要绝食一天,以此牢记国仇家恨。在他们的影响下,乐以琴也陪战友一起绝食。同时,乐以琴更加努力地加紧训练,只要一声令下,他就冲上蓝天与敌人决一死战。

不久，乐以琴被分配到空军第八大队。

1934—1937年，中国空军积极建军备战，在各地修建了140个飞行场，飞行员加紧训练，并选派人员出国考察学习，购买飞机。

1936年秋，中国空军在南昌进行整编，成立了9个大队及数个独立中队，第四大队（驱逐机大队）下辖第二十一、二十二、二十三中队，高志航任大队长。10月2日，第四大队正式成立，乐以琴如愿以偿，被分配到了第四大队。

随后，第四大队奉命驻防河南洛阳。洛阳机场是当时中国最好的、最大的机场，但由于是土机场，风沙较大，只要有飞机起降，机场就笼罩在弥漫的黄沙中，影响飞行安全。

1937年2月下旬，第四大队回防南昌青云谱机场。

与乐以琴同在第四大队的飞行员龚业悌，曾担任乐以琴的僚机。他有记笔记的良好习惯，留下了一本《抗战飞行日记》（长江文艺出版社，2011年5月第一版），他们是战友，更是兄弟，生活、战斗在一起，朝夕相处，情同手足。

在龚业悌的日记中，我们多次看到了乐以琴的名字。

在1937年7月14日的日记中，有关于乐以琴训练受伤的记录。

飞机在不小心中又失事，22分队乐以琴等成队起飞，升至近

一百尺将出机场时突然停车，只得转弯停下，机右腿及翼微伤，人无恙。

从日记中可以看出，如果乐以琴没有过硬的飞行技术和心理素质，也许已经机毁人亡了。在飞行训练中，类似的悲剧曾多次发生。

在笕桥航校第六期学员马叔青的回忆录中，我们看到了这样的记载："飞机升空后突然停机，一头栽下。"机毁人亡的事故发生了很多起，而乐以琴大难不死，非常庆幸。

龚业悌与乐以琴同年，1914年生于湖南省湘潭县。龚业悌读了一年高中后，考入长沙省立高级农业职业学校，于1935年5月1日进入笕桥航校第六期甲班学习，1936年10月12日毕业。毕业后他被编入中国空军第四大队，成了一名一线的飞行员。

1937年2月5日，龚业悌接到父亲来信，要他回家和一个姑娘订婚。

他在当天的日记中写道：

> 我感觉前程虽然远大，生命却如飘萍。

那时的龚业悌与乐以琴等人一样，已准备好随时上战场甚至牺牲，他不想有牵挂，更不想连累别人，他选择了拒婚。

后来,龚业悌的战友想把一位在江西萍乡女中读书的女孩介绍给他,还有一个17岁的少女执着地追求他,但都被他婉言拒绝。

龚业悌经历了九死一生的上海保卫战、南京保卫战、武汉空战、重庆空战等战斗,在重庆空战中,他机毁人残,不得不离开了心爱的战机。而彼时,跟他同期同班的33名同学,已有24人战死、8人伤残。

在重庆空军医院疗伤期间,龚业悌获取了护士长聂夔君的芳心,两人相爱后在成都结婚,最终见证了抗日战争的伟大胜利。

在龚业悌1937年10月17日的日记中,我们还看到了令人悲痛欲绝的一幕:

今天听到一个极令人心伤的消息——

在一个晚上,我们驻南京的马丁、老斯洛勃、霍克-3和道格拉斯大举夜袭敌阵,在第二天起飞出发时,我们遭到惨重的损失。这情况是非常凄惨的。第二次出发时,天气突然变化,机场低云迷漫,斯洛勃机在起飞时极其危险地穿过云层而飞了起来,接着马丁成队起飞,刚离地领队机即在云中失速下坠,所带炸弹坠地后即轰然爆炸,人机俱成齑粉,跟随起飞的飞机也蹈覆辙坠地焚毁。这次死的人员,我们仅能知道有张琪和马丁队的大队长,其余的人员有4个以上。我们同期的同学至少也有两人。

在第二天的日记中,他继续写道:

　　大略估计,过去在战场上,真确被敌人击下而阵亡的人数和损失的飞机只占我们全部阵亡牺牲的人和损失的飞机的三分之一,那三分之二的人员全是失事造成的,可以说是白白地牺牲了,几乎是全无价值。

龚业悌的文字都很简短,但力透纸背,惊心动魄。

龚业悌遵父旨训,每天晚上认真工整地写上一页日记,一天也未间断。原日记本已由中国人民革命军事博物馆收藏,被称为"中国空军壮烈抗战史的活化石"。

　　乐以琴从坠落在地上的飞机中爬了出来,抖落尘土,又投入到紧张的训练中。
　　做好一切准备,迎接一场历史性的风暴!
　　乐以琴也曾告诫战友们:
　　"同学们,我们毕业了,就算完事了吗?'学无止境',何况我们连空军的皮毛都没有摸到呢!你敢说,你有把握去空中作战吗?你拿什么去打人家呀!"

　　乐以琴不仅刻苦训练,而且做好了随时升空作战的准备。他的战友张光明曾担任过他的僚机,亲眼看到乐以琴"抢机"升空

的一幕——

1936年的一天，误传日机来袭。

在急促的警报声中，轮值警戒任务的教官王荫华（笕桥航校第五期学员）立即准备升空应战。

就在这时，正在轮休的乐以琴跑了过来，抢先登机。

王荫华不让步。

乐以琴以命令的口吻训斥道："我以你学长的身份，命令你将飞机交给我！"

事后，警报解除，证实为误报。但乐以琴"抢机"一事，让目击者张光明十分佩服。

笕桥航校是中国空军的摇篮之一，笕桥航校培养出来的飞行员，有的还成为新中国的第一批空军飞行员。1949年10月1日，在中华人民共和国开国大典上，当17架飞机从天安门广场兴奋的人群头顶飞过去的时候，一只东方的雄鹰张开了它稚嫩的翅膀。在这个空中检阅方阵中，有17名飞行员和指挥员是从笕桥航校毕业的。他们参与驾驶13架飞机飞过天安门上空，他们也理所当然地成为中国人民解放军的第一代空军。

2015年8月13日下午，我们从成都双流机场出发，出川采访的第一站，是南昌。

我们抵达南昌，已是晚上9时许，入眼，是一座灯火辉煌的

南昌城。

南昌,是一座英雄的城市。

1927年8月1日,南昌起义打响了武装反抗国民党反动派的第一枪。10年后的1937年7月,乐以琴所在的中国空军第四大队,从这里起飞,奔赴抗日最前线,也打响了中国空军保家卫国的第一枪。

第四大队最先的目标是北方,遂转场河南省周家口机场——这里北上可攻北平、天津等地,南下可攻南京、沪杭等地。

我在出门采访前,通过互联网检索,有媒体称"南昌曾是中国空军的心脏",南昌的媒体也对中国空军的抗战有很多报道,但遗憾的是,没有一篇提到过乐以琴。

《南昌晚报》总编辑肖江华、副总编辑舒琼得知我们的来意后,专门安排记者为我们梳理采访线索、联系采访对象等,让我很感动。

《南昌晚报》记者贾明到机场迎接我们。寒暄之后,我们说明来意,贾明对乐以琴既"熟悉"又"陌生"。熟悉的是,贾明知道乐以琴参加淞沪保卫战、南京保卫战的英雄壮举;陌生的是,他不知道乐以琴跟南昌有什么关系。虽然如此,但贾明还是替我们做好了采访安排。

"蒋文澜是退休的大学教授,也是我们南昌有名的中国抗战史研究专家。或许,他能为你们提供乐以琴的情况,也许会有意外收获的。"看来,贾明也没有多少信心,似乎在隐隐间担心我

们没有收获。

乐以琴随部队在这里驻防,他既不是部队主官,也没有在这里建功立业,第四大队二十二中队分队长,只能算是小兵一个。贾明没有信心,自然也是在情理之中。

其实,贾明的担心,也曾是我的担心。

但我执意要把南昌作为我们采访的第一站。因为当年乐以琴从笕桥航校毕业后,集中驻防在南昌。他是从这里起飞到抗战最前线的。

南昌是乐以琴飞行生涯一个重要的节点,我们不能因为担心没有收获就略过南昌。我坚信,雁过留声,人过留名,我们是不会白来的。如果搜寻不到完整的经过,我们就打捞碎片,在江南大地上打捞碎片,然后把一个个散落在江南大地的历史碎片拼接起来,给读者和家乡人民一个真实、完整的乐以琴。

14日,是78年前八一四空战的纪念日。

上午,我们如约来到了蒋文澜先生的家。

"乐以琴,我知道,他是一个了不起的英雄啊!中国空军的第一个王牌飞行员。我住的这个地方,叫青云谱区。这里离青云谱机场已经不远了,当年,乐以琴所在的中国空军第四大队就驻守在青云谱机场。"

与蒋文澜先生一见面,他就给了我们一个惊喜。

蒋文澜先生已为我们准备了一大摞资料。在他提供的资料中,就有乐以琴当年驻防南昌和后来参加淞沪保卫战、南京保

卫战的相关资料，这些资料都是他从各地图书馆、档案馆摘抄回来的文字资料和他撰写的文稿。除此之外，蒋文澜先生还拿出了《上海文史》《浙江文史》《湖北文史》等文史档案资料。

蒋文澜是江西科技师范大学历史文化学院退休教授、抗战史研究顾问。虽然已是90岁高龄，但老人一提到抗日空战，就滔滔不绝地讲了起来。

乐以琴所在大队当时就驻扎在位于青云谱区的三家店飞机场，这里最多时有200多架战机，因此这个机场当时号称是"远东最大的飞机场"。这些飞行员的生活和娱乐则主要是在励志社（南昌分社）。

1937年7月，卢沟桥事变爆发。8月初，空军第四大队由原驻地南昌秘密进驻河南省周家口机场待命，随时起飞作战。

1937年8月13日，日军大举进攻上海，淞沪抗战拉开了序幕。

当晚，空军总指挥在南京小营总部下达了"空军作战命令第一号"，命令各部队在14日黄昏以前秘密到达准备出击位置，完成一切攻击准备。而早已潜伏在河南周家口机场的第四大队，在高志航的率领下飞赴淞沪战场。

8月14日，中、日首次空战提前打响。

原来，刚从周家口转场到笕桥的战机有的尚未停稳，有的还未降落，就遭到了日机的轰炸，英勇的中国空军毫不畏惧，迎了上去。大队长高志航首开纪录，击落日机一架，其他勇士也纷纷

开火,当天取得了 3∶0 的空战大捷。

15 日,空战继续。

乐以琴一度被数架敌机围困,但他凭借娴熟的驾驶技术在空中俯仰翻飞,与敌机玩起了"捉迷藏"。突然,乐以琴驾驶战机从 3000 多米的高空俯冲而下,连续的炮火将两架敌机双双击落,敌机阵形大乱。乐以琴乘胜追击,再次击落两架敌机,当天乐以琴共击落日机 4 架。

蒋文澜先生找出了他亲手抄录的一份手稿,告诉我们:"这是 1938 年 8 月 18 日的民国报纸,上面有乐以琴击落日机的报道。"

手稿是蒋文澜先生前些年为编写《江西八年抗战》和《中国抗日战争实录》所做的笔记以及他的书稿原件,十分珍贵。记载的不仅是 78 年前的 8 月 15 日发生在杭州上空那场生死搏杀,还有中国人民长达 14 年的浴血抗战史。

> 8 月 15 日,在沪于敌机八架包围中奋战,击落敌轻轰炸机之乐以琴君,年方 23,四川籍,诸人均争与谈话,兴趣甚浓。

这是当时报纸对空战英雄乐以琴的描述,但没有详细的关于空战的记录。

随后,蒋文澜又相继为我们找到好几篇有关乐以琴的资料,其中有一条消息特别有意思,刊登在民国时期的报纸上,新闻稿是这样写的——

乐以琴持香烟毛巾到医院，赠敌空军俘虏松浦久夫，敌俘虏涕下感激，谓乃受本国军阀驱赶而来，不愿作战。

蒋文澜先生还向我们讲述了中国空军的趣闻逸事。

1937年初，由于日本侵略者步步紧逼，全面抗日战争即将爆发。乐以琴和已在昆明航校任教官的四哥乐以纯相约回到老家，祭奠已经病故的父亲，看望年迈多病的母亲和其他亲人。兄弟二人下定决心，以身报国。

省亲期间，乡邻前来提亲，乐以琴当时就拒绝了，一是报效国家，没有时间儿女情长；二是九死一生，一去不复返，他不愿拖累别人。

自古美女爱英雄，在南京保卫战期间，一位南京姑娘喜欢上了乐以琴，执意要嫁给他。被乐以琴婉言谢绝后，仍不甘心，又跑去找乐以琴的姐姐乐以纯，请她帮忙做工作。

"乐以琴和他的战友是有约定的，我帮不了你的忙！"乐以纯只得抱歉地说。

"什么约定？"姑娘问道。

原来，乐以琴和战友郑少愚、沈崇海、罗英德曾立下"共同誓言"：30岁前不恋爱不成家。最后，他们都做到了——乐以琴、郑少愚、沈崇海3人在单身时就牺牲了，只有罗英德是活着兑现30岁以前不成家誓言的人，也只有他一人活到抗战胜利并结婚生子。

他们之所以立下这个共同誓言，一方面除了"国难未除，何以家为"的报国思想外，最主要的还是战时工作的危险。那时，他们都抱定了必胜的决心，必要时甚至连和日机相撞、同归于尽的念头都有，因而实在不愿有家室之累而让爱妻、家人承担悲壮的后果。

国民政府虽然有心建立一支撑卫领空的现代化空军，但苦于经费短缺，无法大量购置飞机。于是有人想出了一个变通的方法，鼓励全国同胞踊跃认捐，一元不少，万元不多，斯能集腋成裘、聚沙成塔，将捐款所得用来购买飞机，充实空防力量。

1936年初，在美国顾问（美国陆军航空退役上校朱艾德）的坚持下，国民政府决定向美国订购100架霍克-3型驱逐机，以更新空军的作战飞机。

购买这批飞机需要一笔数目惊人的巨款，然而，钱出于何处？

蒋介石生于1886年（清光绪十二年）10月29日（农历九月十五日），到1936年这一天正好是他五十寿辰。国民政府发起"献机祝寿"运动。

1936年10月31日上午，30多架美制霍克-3型驱逐机出现在南京明故宫机场上空，飞机在空中组成祝寿队形，并向机场撒下传单，如漫天大雪般纷纷飘撒下来。

中国空军首次以大编队展示它的阵容。一时间马达轰鸣，掌

声雷动,机场上人们欢呼雀跃,为中国空军的壮大兴奋不已。

开战前夕,乐以琴所在第四大队秘密移防河南周家口机场。

这里离济南不远。乐以琴跑到大哥乐以壎那里,要求大哥把长子乐近孝过继给他,让他也有个"后人"。

生于1910年的乐以壎,虽然只比乐以琴大14岁,但此时家父已经过世,长兄如父,他马上就答应了。

那时,乐近孝只有3岁。作为乐家的长房长孙,"近"字辈的,大多称他为"大哥佬"。

一家人围坐在一起,热热闹闹地吃了一顿饭,并约请了冯玉祥的副官做了见证,算是举行了一个简单的认养仪式。事毕,乐以琴匆匆返回了机场。

从报考航校的那一天起,乐以琴就知道自己踏上了一条不归路,等待自己的是——为国捐躯,血洒长空!

当年,乐以琴在南昌驻防期间,曾抽空跑到江西"瓷都"景德镇,一口气买下了很多杯、碗、盘、勺等瓷坯,总共68件(套),烧制前,他在杯坯上一一写上父母(伯父母、叔父母)和16个兄弟姐妹的名字,烧制好后,他寄回了老家,让父母分赠给所有亲友,作为永久的纪念。

乐以琴知道,升空作战,生死就在瞬息之间。为此,他烧瓷明志,提前为亲人们准备好了自己的遗物,给他们留个纪念。

由于战乱,这批瓷器大多散失,保存下来的已寥寥无几。

后来,这批瓷器保存下来的一部分,他的二姐乐以成、三哥乐以钧、八弟乐以本分别捐赠给了重庆中国三峡博物馆、中国人民革命军事博物馆和芦山县博物馆,成为宣扬爱国主义精神的珍贵文物展品。

蒋文澜先生说到的"抗战瓷",我曾经在芦山县博物馆见过。是乐以琴赠送给八弟乐以本的。后来乐以本把它捐赠给了家乡的博物馆。

只见这个瓷杯上面写着:

八弟留念　六哥赠于南昌空军第八队　二十四.十.一

"八弟",正是乐氏十兄弟中排行老八的乐以本。落款时间"二十四年十月一日",应为中华民国纪年,公历是1935年10月1日。

如今,重庆中国三峡博物馆收藏着当年乐以琴赠送给二姐乐以成的瓷器。有花卉小碟、粉彩花卉小瓷勺、五彩人物碗共三件。1985年,时任华西医科大学教授、中国妇产科权威专家乐以成在重庆讲课时,听说重庆市博物馆正面向全市征集文物后,毫不犹豫地把乐以琴留给自己的3件瓷器,全部捐献了出来。

蒋文澜告诉我们,抗战期间,到景德镇烧瓷明志的人很多,"抗战瓷"已成为不可多得的抗战文物,在收藏界很火爆。"抗战瓷"可以说是那个时代的独特标志之一,反映了当时国人的抗

战热情,也反映了全民皆兵、保家卫国的战斗情怀。"抗战瓷"是制瓷界对抗日的"振臂一呼",他们用自己的行动进行抗战。时至今日,"抗战瓷"已经成为历史的见证,见证着那段艰苦卓绝的岁月,见证着中华民族抵抗外侮的顽强斗志。对于今天的人们来说,"抗战瓷"不仅具有收藏价值,更重要的是具有爱国主义教育意义,它让世世代代的中国人,铭记"落后就要挨打"的教训,时刻不忘保家卫国的情怀以及与侵略者做斗争的精神。

流传下来的"抗战瓷",大多是民国期间出产的以抗战为题材的瓷器。上面写有抗战口号,如"抗战到底""抗战必胜""誓雪国耻""国家至上"和"民族至上"等。其中就有"打飞机"主题的"抗战瓷"。

当时,中国的空军力量十分薄弱,民众经常眼睁睁看着日本的飞机在头顶肆虐,忍受着他们的空中袭击。后来,偶然出现了用步枪把低空飞行的日本军机打落的案例,各种"打飞机"的故事便层出不穷,而针对"步枪打飞机"的研究也接连出现。所以,"打飞机"的故事在当时是比较常见的,而在瓷上做描绘刻画,也顺理成章,它反映了时人的美好愿望,看着一架架日本军机在茶杯上跌落,老百姓打心眼里痛快,也算是出了口恶气。

而乐以琴的"抗战瓷"不仅有他的亲笔题字,而且是在全面抗战前烧制的,有的他还曾经使用过,历史价值和文物价值自然很高。

"老了,走不动了。要不然,我还要到乐以琴的老家走走,看看乐以琴生活的地方,看看他的'抗战瓷',弄明白为什么在

一个偏僻的地方,能走出这样一个大英雄。"

虽然年过九旬的蒋文澜先生腿脚不便,但他思维清晰,依然雄心勃勃,他准备再创作一部中国空军抗战史。

临别时,蒋文澜先生希望我们能向他提供更多的乐以琴和他的家乡的相关资料,他要写到新书中。

南昌采访,收获满满。初战告捷,我们很高兴。

走出蒋文澜的家,贾明也是一脸的兴奋:"想不到乐以琴跟南昌还真的有关系。我马上就向报社报选题,就写'从南昌起飞的乐以琴,成为中国空军首位王牌飞行员'。"

就在我们还在江南大地寻找"江南大地之钢盔"的8月19日,由记者贾明、实习生郭昕敏采写的《乐以琴首战击落日机4架 他在抗战中共击落日机8架,被称为"空中赵子龙""江南大地之钢盔"》的长篇报道在《南昌日报·发现南昌》版上整版刊发。

在"阅读提要"中,特别注明"1937年8月,他从南昌起航奔赴抗日战场,第一次和日军作战就击落了4架敌机"。经我们牵线,乐近雄向该报友情提供了配图照片。

南昌电视台《拍案惊奇》栏目制片、主持人郑益邦先生是四川广元人,曾在雅安电视台工作过几年,算是"半个"雅安人,有着浓厚的"家乡情结"。他得知乐以琴的故事后,也很惊讶,表示要专门做一期节目。

在贾明的带领下,我们还来到了江西师范大学青山湖校区,

这里是民国时期的中央南昌飞机制造厂。

一进校门,便看见了高高的指挥塔楼。

除了指挥塔楼外,校园内还有飞机棚厂、飞机修理厂及飞机跑道遗迹。

昔日的飞机跑道已成为今日校园的林荫大道,三五成群的学生走在林荫道上,洒下一路的欢声笑语。

贾明上的大学正是江西师范大学。他对母校的一草一木都很有感情。

贾明告诉我们,这家飞机制造厂是中外合资的,是与意大利合作建造的。后来曾多次被日机轰炸过,它见证了抗战时期中国空军的艰难和悲壮。这也是南昌市中心保存最完好的最大规模的民国建筑群,在南昌城市现代化进程中保留了老南昌城市的记忆,也是江西师范大学一张无比珍贵的历史名片。

蛰伏的飞鹰 一飞冲天

离川前夕,乐以琴从成都新津机场驾机直飞芦山,以老家的4棵高大桢楠树和天井为目标,向日夜思念他的母亲及亲人们投下了一封临别家书:

　　保家卫国，抗战到底！为家争光，血洒长空！为国献身，血洒长空！

飞机盘旋三圈后，抖动几下机翼，转身直插云霄。

1937年8月7日，第四大队秘密离开南昌，飞向河南周家口机场待命。

当时中国空军的力量并不强，比起日本的空军来，差距非常悬殊——当时日本飞机有3000多架，中国空军才不到300架。中国空军还处于初创阶段，飞机要从外国买来，机型多样，有的还很陈旧，被称为"万国机"。机场设施更加简陋，没有一个机场是混凝土地面，全是泥土地面，晴天尘土飞扬，雨天全是泥浆。更主要的是飞行员少，而且几乎没有空中作战的实战经验。让人不可思议的是，夜间导航竟然用的是煤油灯。

尽管这样，中国空军官兵们的斗志依然高昂。

中国空军第三、四、五大队是驱逐大队，但有时也执行轰炸任务。乐以琴所在的中国空军第四大队是主力大队，编有3个中队，配备了29架飞机，其中有中国空军的主力机型霍克–3式飞机28架、福克·沃尔夫教练机1架，是几个大队中配置力量最强的。作为主力大队的大队长，高志航深知肩上的担子非常重，更知道日军已经磨刀霍霍，中国空军要时刻准备飞上天空作战，为

此他把精力都用在严格训练上。

在这几年的学习和实践中,高志航、乐以琴等人总结出提高战斗力的诀窍,就是在快的基础上,还要具备两个方面的过硬技能。一是具备特技飞行的技能。要把自己的身体和飞机合而为一,操作飞机就像使用自己的手指头那样灵活,俯冲、爬高、侧滚等技能必须运用自如,才可能在与敌机的纠缠斗争中取得胜利。二是具备特技射击的技能。他认为,飞行员要保卫自己、置敌机于死地,唯一办法就是在空中争取有利的位置后,射击一定要快、准、狠、猛。

乐以琴成长迅速,在日常训练中很快就脱颖而出,在空中可以根据战斗的情况改变自己的战术,随机应变,灵活机动。训练打飞靶的时候,射击的准确度首先达到了高志航要求的"百分之百命中率"。

乐以琴的战机就是装备较为先进的霍克-3驱逐机,编号为"2204"。

霍克-3式是美国寇蒂斯公司在20世纪30年代生产的海军战斗机的改型,原名为F11C-3/BF2C-1式,出口型代号为"鹰Ⅲ"。而"霍克"就是英文"鹰"(Hawk)的音译。霍克-3式驱逐机是当时中国空军最先进的驱逐机,也是八一四空战中国空军主力战机。空军英雄高志航、乐以琴、阎海文都用过这种战机。它具有独特的双翼、大发动机罩、起落架可收在机身两侧等显著特征,很容易辨认。该机除可空战外,还可进行俯冲轰炸和执行侦察任务。

霍克-3式在中国伟大的抗日空战史上占有重要的位置。特别

是这种机型跟中国许多抗日英烈的名字联系到一起，更是历史的见证者。

8月7日黎明，阳光洒满了南昌的青云谱机场，飞行员们整装待发。随着一声令下，第四大队的28架新霍克在高志航大队长的带领下，昂首冲向蓝天，向河南周家口机场飞去，其中第二十一中队9架，中队长李桂丹；第二十二中队9架，中队长黄光汉，副中队长赖名汤；第二十三中队9架，中队长毛瀛初。紧接着，第五大队的18架新霍克在丁纪徐大队长的率领下向东北方向的扬州飞去，他们由刘粹刚中队长率领的第二十四中队和胡庄如中队长、董明德副中队长率领的第二十五中队组成。

第四大队飞抵周家口机场时，因风大云厚，队形混乱，有的飞机未按时到达，在其他机场着陆加油后，次日凌晨才到达。但这次高志航却并未发火，他一反常态微笑着对大家说："这点挫折没有关系，谁只要打下日机，我就嘉奖他。"队员们平时训练就当成战时对待，总是严阵以待，这时要有仗打了，个个摩拳擦掌，恨不得马上飞上天空和敌人干起来。地勤人员也做好了各方面的准备工作，收拾好了工具箱，随时准备出发。

老天不长眼，周家口接连下了几天雨，队员们天天在机场待命，飞行装穿戴齐全，时刻准备起飞，不敢有丝毫怠慢。可是，这一等就是好几天，队员们都焦急起来。直到8月13日，才传来消息：日军在上海攻击中国军队了，战火已经从华北烧到了华

东。队员们个个义愤填膺。

高志航悲愤地对队员们说:"我们一显身手的机会到了,今晚大家好好睡觉,睡足了好打仗!"可是,大家哪里睡得着,好不容易挨到天亮,接到了上级的密令:第四大队移防杭州,大队长高志航赴南京领命!

原来这时的日军在侵占华北的同时,又向淞沪地区增派兵力,将海军第三舰队停泊在黄浦江、舟山海面和杭州湾,日本海军陆战队则盘踞在上海杨树浦、虹口一带。8月9日,日本海军上海特别陆战队西部派遣队中尉队长大山勇夫及一名士兵驾车强行闯入虹桥机场挑衅,被中国守卫队击毙,日方要求中国政府撤出上海的保安部队,拆除防御工事,被中国政府拒绝。

8月13日傍晚,日本海军上海特别陆战队向中国第八十八师射击,中国军队英勇还击,随即发生战斗,八一三淞沪抗战爆发。鉴于上海的危急形势,中国空军不得不改变原定的北上作战计划,抽调兵力南下,将主力向华东集结,迎战日本侵略者。

淞沪抗战爆发当晚,航空委员会下设前敌总指挥部总指挥周至柔、副总指挥毛邦初等立即研究敌情,并报航空委员会,在南京下达了《空军作战命令第一号》。

一场展现中国军民的抵抗意志、展现中华民族不屈精神的空中抗战即将打响。

附一：

乐以篪等人回忆乐以琴

胡冶钧

冶：表哥，我们打算给乐以琴写传记，有一些情况不太清楚，想请教您。

篪：你说的是老四，还是老六？

冶：老六。

篪：他叫以忠。"精忠报国"的"忠"。

冶：不是钟鼓的"钟"吗？

篪：好像是的。我们乐里是大排行，从大哥（以壎）起，排行"以"字下的名字，都和音乐的意义相切，如壎、篪、钧、琴、和、钟、笙、雅……但有的人后来搞乱了，比如老六，原名钟，是乐器，进中学报名注册，学校给写成了"忠"。他也就随而便之。后来干脆自己也用"忠"了。因为"忠"字笔画少些，写起来简便。

冶：以忠何年出生？

篪：记不清了，大约是1914年吧。我和他年龄相差很大，他发蒙读书时，我已经华大预科毕业了。

冶：有人说，你们乐家是"小康之家"对吗？

篪："大康"都不止了（诙谐地）。

冶：可能所谓"小康"，是和大都市（如上海、成都）的富豪大家相比而言吧。

麓：这怎么能比？豌豆比胡豆是小一点，但豌豆比菜籽就不算小了。四大家族在中国算大家，但和汽车大王、煤油大王一比，也只能算小康了。总之要以所处的环境来衡量，实事求是嘛。乐家是芦山人，就按芦山的状况，哪能跟上海、成都比？芦山人心里都有把尺子，谁家的家底，自己知道，人家也清楚，瞒不了人的，也没有瞒的必要。周复生就骂过我们乐家"为富不仁"。

冶：以忠出川赴运动会是哪年？其时他在华西协中毕业否？

麓：运动会全称是"1932年全国春季运动会"，简称"全运会"。地点在南京。他们当然是在春初或早一点去的。记得刚到南京就碰上了淞沪抗战，全运会就停了。

冶：据乐以钧说，以忠在重庆遇上"九一八"。

麓：他记错了，应该是在南京碰上"一·二八"。

冶：以忠以什么身份参加全运会的？

麓：他是协中选派的，当然是学生选手的身份。

冶：他参加的是什么竞赛项目？

麓：800米长跑。

冶：那么，他出川赴运动会时，还正在协中读书了？

麓：只有一学期就毕业，正因为此，所以当时阿伯是不许他荒废学业去南京参加比赛的。

冶：听说，全运会停办后，他跑到上海找乐以钧，也找过胡又新，

是吗？

麓：那时乐以钧在上海，日子也恼火，胡又新也是空壳壳，所以他又跑济南。

冶：到济南后怎么样？

麓：靠大哥的力量，下半年就进了齐鲁大学，那时乐以壎在齐鲁医院，齐鲁医院是齐鲁大学附设的，关系很密切。

冶：以忠高中未毕业，怎么报得了名？

麓：所以才借老四（以琴）的凭照（即毕业证书）。从此，他就改名乐以琴。

冶：我们手中有乐以钧写的资料，照他的资料推测，乐以琴1931年12月（大约）就考进了航校。

麓：乐以钧记不得，可能说错了。

冶：那么，以忠进航校，应该是1933年了？

麓：可能是1933年春，反正进齐大不久，也是大哥的力量，不然，那么森严的学校，一般人进不去的。

冶：他在航校情况怎样？

麓：不太清楚。航校学生一般都不许在家信中透露学校的事，我们只知他是第三期学生。大约在1936年，他回过一次成都，和成都的亲人匆匆见过一面，但很快又走了。当时抗日战争一触即发，国事紧张，据说，他们在校同志组织了"空中敢死队"，随时待命，足见他们同仇敌忾、誓死抗日的决心。可惜他未来乐山。

冶：今年有个同志在雅安《青衣江》季刊上写了乐以琴的事迹，他

描述说以琴"遭到九十几架敌机围攻,座机起火,被迫跳伞,跌成脑震荡,在南京住院,精神失常……",我好像从未听说过这段奇闻。你说呢?

麓:瞎扯!老六牺牲那一仗,确系被敌机围攻了。但哪会有那么多的敌机?"杀鸡焉用牛刀"?日本人也不会那么"瘟",老六坠机后,尸骨都未找到,怎会有南京住院的事?

冶:那怎么有传说,谓以琴牺牲后,日本人在南京还把他安埋了,立了碑?

麓:这也是谣传,当年我们也听说过,不过说的是丛葬,不是他一人。都是无稽之谈,不可凭信。但当时有的报纸称誉他是"江南大地之钢盔",我倒是见过报的。

冶:你还保存有以琴的遗物吗?

麓:沧海桑田,哪还有遗物呢?如果说纪念,八仙洞的"忆琴山庄"倒还在的,可惜都已不成样子了。

1984年5月14日—17日于乐山(胡冶钧记录整理)

附二：

山东医学院（原齐鲁大学）的回信

四川省芦山县志编委会：

　　来函已收悉。

　　我们反复查阅了有关资料，据 1926—1934 年第 21 号卷，齐鲁大学学生名册第 147 页记载："乐以琴，男，18 岁，四川省芦山县人，系成都华西协合中学毕业，1932 年秋考入齐鲁大学理学院，1933 年春转学。"至于转至何处及在校成绩如何，离校后是否考入笕桥空校等情况，我处均无记载。

　　此致

敬礼

山东医学院

一九八四年五月十五日

下篇

孤鹰在南京上空啸击

1937 年 8 月—12 月

周家口—杭州—南京—兰州—南京

引 子

早在淞沪抗战进行之际,为坚持长期抗战,笕桥航校也加入了大学内迁的行列,目的地是抗战大后方的腹地云南昆明。1937年11月,笕桥航校整体搬迁至原云南航空学校在巫家坝机场的旧址。学员也陆续转移到昆明。

1938年阳春三月。

湘西的盘山公路。

一辆货车正吃力地行驶在弯弯曲曲的公路上。

此时,经过淞沪、南京、武汉等惨烈的会战后,在中国蓝天上,已很难看到中国空军的飞机。

坐在车厢里的一群军人,正是转移到昆明的部分笕桥航校学员。

一名学员正在讲述乐以琴的故事:

"日本强盗的飞机空袭南京,那时候我们在南京的飞机大

多转移到了南昌、武汉,整个南京就只有一架飞机能升空作战。日本强盗很猖狂,几十架飞机在南京上空上下翻飞,好像在做飞行特技表演一样。乐以琴怒不可遏,毅然决然地迎着敌机飞了过去,独战满天日机。"

车厢里除了军人外,还有逃难的老百姓。

一个小女孩怯生生地问道:"那……后来怎么样了?"

大家都不说话了,军人们的眼光都转向了车外的大山。

不知沉默了好久,有人低声地说:"在那场空战中,乐以琴英勇殉国!"

小女孩双手捂着脸,大滴大滴的眼泪从她的手指缝中掉了下来,她不想听到自己崇拜的英雄牺牲。

一声声叹息。

有人开口说道:"面对满天日机,乐以琴还冲上去,他早已把自己的生命交给了祖国的蓝天!"

车厢里再一次沉默。

一战成名　江南大地之钢盔

8月14日凌晨，中国空军各部队奉命出击，正式开始对日作战。凌晨3时45分，第五大队第二十四中队中队长刘粹刚从扬州机场起飞，轰炸了长江上的日本兵舰，打响了向日本侵略者反攻的第一炮。第三十五中队的5架轰炸机轰炸设在上海日商公大纱厂的军械库、汇山码头等地的敌军据点。

上午，第五大队丁纪徐大队长率队在南通附近击中敌驱逐舰1艘。

下午，第二大队又轰炸了公大纱厂、汇山码头和四川北路日本海军上海特别陆战队司令部。这些轰炸给日军造成很大损失。为了报复中国空军，日本海军第三舰队司令长谷川清命令驻中国台北的日本海军鹿屋航空队立即出击。

鹿屋航空队分为两支袭击队，以浅野楠太郎指挥的9架九六式陆上攻击机袭击广德机场；以新田慎一率领的9架九六式陆上攻击机袭击杭州笕桥机场。下午2时50分，18架陆上攻击机从台北松山机场起飞，经温州在永康附近兵分两路，分头飞往预定目标，企图摧毁中国空军主力。

他们前往轰炸的目标包括杭州、南昌、广德等中国空军基地，其中又以杭州笕桥机场为主要攻击目标。笕桥机场是航校所

在地,长谷川清发誓要彻底摧毁这里,以解他的心头之恨。

由于轰炸机航程过远,战斗机无法随同护航。不过日敌并不感到担心。他们相信九六式轰炸机上任意旋转的机关炮和机枪的强大火力,足以对抗中国空军的驱逐机。并且,狂妄至极的日军将领根本就不把中国空军放在眼里。

杭州湾已经遥遥在望,日机带队长机发出了准备攻击信号,轰炸机编队很快变成楔状攻击队形,以便躲避地面高射炮火,并在可能出现的空战中互相掩护发动攻击。

正当日机飞临杭州上空,第四大队调防杭州笕桥机场刚好赶来,碰了个正着,第四大队的英雄们怀着有我无敌的气概,一齐向敌机冲去。在受台风影响,乱云飞舞的杭州上空,中日战机展开了一场大厮杀。

此时,日本侵略者的气焰十分嚣张,根本没有把弱小的中国空军放在眼里。遭受中国空军轰炸的日军开始大规模报复。

一场鏖战,不可避免地在笕桥上空展开。

自从卢沟桥事变之后,航空委员会就做出决定,将笕桥航校迁往大后方,以便在比较安定的环境下继续训练空军后备力量。从7月中旬起,航校的师生和器材已陆续南运,分别迁往广西柳州和云南昆明。

当时在航校受训的是第七、八、九期的飞行学员。第七期学员刚刚毕业,正等待举行毕业典礼。这期的学员大部分是从其他军校毕业后经过考选进入笕桥航校的,另有三分之一是从广

东航空学校并入的。由于战事紧急,第七期学员被编入前线作战部队。

航校迁走之后,笕桥机场被空军总指挥部指定为第四大队的前线机场。第四大队是空军的驱逐大队,从中队长、分队长到飞行员都是笕桥航校毕业生,装备清一色的美制霍克-3型驱逐机。这种刚从美国购回的驱逐机是双翼,起落架可收放,装有4挺0.5英寸口径的"考尔脱"机枪,机身下可挂125公斤炸弹2颗,机翼下挂8公斤炸弹8颗,巡航速度为每小时227公里。在当时中国空军作战部队中,第四大队比起那些使用各国杂牌飞机的大队,算是配备力量最强的大队。

抗战前期中国空军中4名功勋卓著的尖子飞行员高志航、李桂丹、乐以琴、刘粹刚,并称为中国空军"四大金刚",除刘粹刚外,另外三人都出自第四大队。

这天,华东沿海一带正值台风过境,长江中下游及苏浙两省笼罩在一个巨大的低气压下,暴风雨区域达300平方公里,风速达每秒22米。这场台风也影响到周家口,天没亮就哗哗下起了大雨。霍克-3式飞机无法起飞,但队员们还是穿戴整齐,披挂妥当,只等一声令下,便驾机而飞。

这时的高志航非常焦急,他身为大队长,平时十分严格地训练队员,现在是让这批精兵大显身手的时候了。谁知大雨下个不停,队员们被困在周家口动弹不得,上级指令要他们保卫笕桥机场,肯定是有情报探知日本飞机要空袭机场,如果第四大队不能

及时赶到，那笕桥机场岂不是……

高志航不敢往下想了。求战心切的高志航搭乘一架民航飞机，辗转赶到了杭州笕桥机场布防。

也许是天无绝人之路，下午，周家口的雨稍稍小了些，奉命随时起飞的第四大队队员们决定冒雨凌空。首先，第二十一中队中队长李桂丹带领9架霍克-3式驱逐机腾空而起，直飞杭州。紧接着，第二十二、第二十三中队的18架飞机也相继起飞，冒着恶劣的天气，朝杭州笕桥机场飞去。

第二十二中队在滂沱大雨中低空曲折航行，中途降落在安徽广德机场加油，续航笕桥。途中在天空云层中，他们发现有数架大型飞机，航向为广德方向。是什么飞机？多少架？大雨中看不清楚，分队长乐以琴率队偏离队形打算查看究竟，如是敌机，则攻击之。但中队长黄光汉示意他们归队，依命令及早飞抵笕桥。下午5时左右，飞近笕桥空域时，发现笕桥正在大火燃烧中。得知笕桥不久前被炸，乐以琴再次脱离队形，向钱塘江口方向飞了过去，企图追击敌机，终因雨大云低，视线不清，只得返回笕桥机场。

乐以琴这才知道，第二十二中队已错失了首场空战。

原来，第二十二中队还在飞往笕桥途中时，高志航已率第二十一中队打了一场漂亮的空中阻击战。

在战友们的讲述中，乐以琴知道了笕桥空战的经过——

下午1时，笕桥机场上空乌云翻滚，细雨纷飞，整个机场笼

罩在朦胧的烟雨之中。机场外的树林和远山只剩下一抹淡淡的灰影。提前到达的高志航站在雨中望着天空,焦急地等待着队友们的到来。

李桂丹几乎是踏着紧急空袭警报降落到机场的,飞机变成了舰艇,跑道的积水冲起白浪。

李桂丹还未及停机,就听到有人喊道:"快起飞,敌机来啦!"连续飞行了两个多小时,油料几乎耗尽,中队长李桂丹来不及出机舱,就连声高喊:"快!快!赶快给飞机加油!"

李桂丹是辽宁省新民县(今辽宁省新民市)人,1930年从南京中央军官学校毕业后考入笕桥航校二期。九一八事变以来,眼看故乡沦陷、有家难归,李桂丹义愤填膺,经常感叹:"我们都是一些亡省亡家的人!"他平时刻苦训练,无时无刻不在期待长空杀敌,今天总算等来了机会。

李桂丹和飞行员们火急火燎地帮着地勤人员为战机加油。他们的大队长高志航在平时训练时就要求飞行员自己动手加油,现在正好派上用场。

紧接着,高志航的战机也由其他飞行员驾驶着从周家口飞来落地了。高志航冲过去跳进机舱,一拉机头,冲起几丈高的水花,箭一般地冲进云层不见了。

笕桥机场尽管是中国最高航空学府所在地,又是重要军事基地,但当时既没有指挥塔台,也没有地对空的无线电通信设备。几名地勤人员立刻在机场中央摆开"T"形红白布标,向空中的飞

机传达指示——告诉飞在后面的第二十二、第二十三中队,暂不降落,留在空中截击敌机!

笕桥上空的云层很浓、很低,高志航冲出云层,在高空居高临下寻找着敌机。忽然,他看到从东南方向飞来一架大型敌机,正悄悄地从对面的云层里钻出来。高志航心中大喜,手足并用地操纵着战机,迎头冲向前去,吓得敌机一掉头慌忙又钻进云层里躲藏起来。高志航又猛加油门,也紧跟着钻进云堆,心中想着敌机可能逃避的方向。他研究过日本航空队作战技术和飞行技术,知道敌人遇到这种情况将会采取什么措施应对。他咬准敌机要飞的方向,不断加油,转眼间横穿过云层,他眼前一亮,那架敌机果真就在他的视野之内。狡猾的敌机一钻出云层,看见前面头顶上盘旋着四五架霍克-3式飞机,后面又有追兵,心里一慌,又想侧飞钻进另一堆云层中。这时,第二十一中队的谭文、刘树藩、金安一等人已经看到高志航从云层中赶出一架日机,禁不住大喜,立即包围过来,开枪就射,可惜因射程太远,没能命中。敌机又躲进了云层。幸而高志航不动声色地紧跟不舍,尾随入云,待敌机进入射程,一排子弹出膛,敌机后座的机枪手中弹,没了战斗力。高志航紧追上去,对准敌机左边的发动机,又发射过去一排子弹。敌机中弹燃烧起来,"砰"的一声巨响,就爆炸起火,随后化成一团火球,直落到地面。

这一声巨响,宣告了中国空军对日空战史上零的突破。

呈火球状的日军轰炸机在下落过程中,拖着一道道白烟,随

后从火球中央四散迸射,纷纷扬扬地撒落下来,宛如庆贺这一历史性时刻而凌空喷射的礼花。

这是中国空军飞行员在全面抗日战争中打下的第一架日本飞机。

高志航首创纪录!

这给了第四大队的队员们极大的鼓舞。与此同时,李桂丹和柳哲生、王文骅组成的分队又发现了一架九六式陆上攻击机,他们兴奋起来,李桂丹一马当先,3架飞机迅速包抄过来,扑向敌机。待到敌机进入射程后,6挺机枪齐发,火焰立即蹿向敌机,待这架飞机的驾驶员反应过来想要钻入云层时,飞机已经中弹,像一个火球一样,连人带机一起坠落了下去。

由王远波、张效贤和龚业梯3人组成的分队,重创了一架日机。郑少愚等又重伤一架日机。此外,还击伤日机4架,其余的见势不妙,落荒而逃。

天上打,地上看。

空袭警报之后,喧闹的街道已经空无一人,大部分市民被疏散到郊外,只有被挤倒的摊子、奔跑中掉落的鞋子和包袱散布在路面上,随处可见,巨大的恐怖笼罩着死气沉沉的城市。

远处传来嗡嗡的声音,响声逐渐逼近,沉重的马达轰鸣声在头上响成一片。趴在树丛中、水沟中或田埂后面的人们不禁开始颤抖起来。一队日本重型轰炸机出现在上空,每3架排成一个"品"字形,所有的飞机组成一个巨大的楔形,机翼下血红的太阳旗标志格外刺眼。人们惊恐万状，紧紧贴住地面，母亲紧紧搂住孩子，所有的人都战战兢兢地等着死神从天而降。

然而，空中没有出现炸弹下坠时那种可怕的尖啸声，却突然响起了猛烈的机枪射击声。人们以为敌机开始扫射，越发感到恐惧。

空中的机枪声时远时近，时而稀疏，时而密集。有人大着胆子向空中望去，只见刚才整齐的飞机编队早已作鸟兽散。许多飞机正在空中上下翻腾，互相追逐，机头不时喷出长长的火舌。

"啊，啊，快看哪！我们的飞机在打日本飞机！"

所有的人一齐抬起头来，向空中望去。

曳光弹在空中划出一条条明亮的弹道，交织成闪烁变幻的火网。飞机在云端出没，在火网中穿行。突然一架飞机撞在火网上，开始冒出淡淡的青烟，转眼之间，青烟越来越浓，夹着橘黄色的火焰喷涌而出，飞机开始倾斜，继而翻滚，从高空跌落下来。

"呀！是日本飞机！日本飞机被我们打中了！"

果然，被击中的是一架日本飞机。机身和机翼上的太阳旗标志在浓烟中时隐时现，飞机正在急剧地下坠。

掌声雷动。人们欣喜若狂，忘记了害怕，许多人干脆站起来观看。

浓烟滚滚的飞机中蹦出一个小小的黑点，转眼工夫变成一朵白色的小蘑菇在空中飘飘荡荡地缓缓下降。

"鬼子跳伞了,快去抓鬼子呀!"

"别让日本鬼子逃跑了!"

人群从四面八方向降落伞飘落的方向汇集。

笕桥一战共当场击落日本海军陆上攻击机两架,即鹿屋航空队第三小队3号机、指挥小队3号机,被击成重伤的一架日机(第三小队2号机)在返航至台湾松山机场迫降时损毁。袭击广德的一架日机(第二小队2号机)被击成重伤后,飞到台湾基隆以北海面迫降时坠海。

正当战斗紧张关头,霍克-3飞机的余油警告灯亮了,飞行员们不敢穷追敌机,恋恋不舍地退出战斗,相继安全返航。

30分钟的空中角逐,中国空军以3∶0的成绩,打破了日本空军不可战胜的神话。

此役,中国空军在空战中无一伤亡。但是,在机场地面的118号飞机被炸毁,两名飞行员阵亡。另一架飞机因油料耗尽而在田野里迫降,飞行员刘署藩牺牲。

当天傍晚,上海报纸出了张震惊中外的"号外":

"我神勇空军首战大捷三比零,大胜日本空军。"

"全国军民,向保卫领空的中国英勇空军致敬!"

关于首战的战绩,有很多说法,有说3∶0的,也有说6∶0的。无论如何,中国空军首战获胜,给了日军以沉重打击。

八一四空战充分表现了中国空军官兵英勇抗日的爱国精神。中国空军旗开得胜,鼓舞了中国军民的抗战激情,打击了日本侵

略者的嚣张气焰,后国民政府颁布命令,将每年8月14日定为空军节。

第四大队旗开得胜,乐以琴一边为战友高兴,一边为自己没有赶上战斗而懊悔。

乐以琴跳出战机时,回头望了望天空,一言不发。

本来在飞到笕桥的上空,乐以琴就发现了敌人的轰炸机群,他立即向中队长摇翅膀、打手势表示敌机的位置。但中队长没有下令,他不能单独行动,只得退回到自己的编队中,眼睁睁看着敌机逃跑了。

在第一场空战中,乐以琴"颗粒无收",他不急才是怪事。

凯旋的高志航要求做好次日作战的准备,第二十一中队为其右翼战斗群,第二十二中队为其左翼战斗群,第二十三中队为高层掩护支援战斗群。

作战指示安排后,飞行员各自去给飞机加油。由于机场人员躲避空袭,仅少数返场工作,加之油罐车被炸(铁路油罐车),加油工作进行得非常缓慢。时值下雨夜黑,乐以琴等飞行员遂主动去机场边油库,提起五加仑小桶汽油,肩扛至飞机旁,如此在雨天涉水中,往返十余次,一直到凌晨1时半结束,才各自去学校单身教官宿舍就寝。此刻已淋雨加油八小时之久,全身湿透,换上干净衣服,顿感饥饿又寒冷也特别疲倦,飞行员大多昏沉入睡。

  虽说打了胜仗，可"飞将军"们还得自己到处找吃的和睡觉的地方。在去校部的路上，乐以琴遇到了老同学、侦察机飞行员姜献祥，两人相谈甚欢，一起走进官佐饭厅。因为工作人员都躲空袭去了，偌大个餐厅什么吃的都没有。他们又往醒村俱乐部去，以为那里也许会有吃的，推门进去，空无一人，黑暗中在货柜里摸索了半天，一无所获。打开冰箱，摸出了仅存的两瓶啤酒，一人一瓶，姜献祥拿着啤酒发呆，怎么打开它呢？

  乐以琴一把夺过他的啤酒，只听"啪"的一声，两瓶酒的瓶口就都断了。乐以琴说："这不是很容易解决的吗？"

  姜献祥说："还是你小子高明，真是个机灵鬼，人比人气死人。我记得你当年在航校为了锻炼自己眼疾手快的本事，在饭堂吃饭的时候经常为我们表演用筷子去夹住在空中飞的苍蝇，那还真是个绝活……"

  乐以琴却说："说那些有什么用？今天窝囊透了，在飞来笕桥的途中，我发现了敌人大编队的轰炸机群，我立刻飞向前方，向队长又摇翅膀、又打手势表示敌机的位置，想要阻击敌人。而队长没有同意，我重复请示，仍不被允许，只好退回我在编队的位置，不敢单独脱队去攻击，就这样眼睁睁看着敌机逃跑了，要不然立头功的就是我们中队了……"

  看着乐以琴愤愤然的样子，姜献祥劝他："咱找不着吃的，只好饿着肚子，现在总算有个地方能躺下，抓紧睡吧，说不定明天机会就会来啦。"

8月15日拂晓，他们两个人被警报声惊醒，翻身起来，一路小跑赶往机场。乐以琴对姜献祥说："老子今天可不客气了，一定干他几架下来！"

天空如同昨天一样，依然飘着细雨。第四大队今天的任务是飞赴上海，阻截日军舰队，军械士正忙着往飞机上挂炸弹。

这时，突袭的警报声突然响了起来，高志航果断命令："卸掉炸弹，升空迎战！"

乐以琴等人钻进机舱，把飞机滑向跑道，冲向天空。

昨晚因油料耗尽，迫降笕桥机场的第五大队飞行员董明德已提前起飞——在听到突袭的警报声之前他就看见两个黑点正向笕桥机场上空飞来。

"这狗日的日本鬼子，肯定是来偷袭笕桥机场的！"董明德机警地钻进云层中，绕了一个圈，尾随着日机下降。就在日机准备轰炸笕桥机场时，董明德一推机头，机关炮瞄准长机打了过去，敌机立刻起火，冒着浓烟打着旋往下坠落。僚机还没有回过神来，机警的董明德又将机关炮对准它们猛扣扳机，只听一声巨响，敌机凌空爆炸。

就在董明德与敌机激战时，第四大队的雄鹰们已扑了过来。

正如高志航预料的那样，今天来的就是木更津航空队的一群亡命徒，30多架飞机组成的大编队，黑压压一片。他们倾巢出动，前来报复。

第四大队杀进敌阵，高志航一个点射，将带头长机打了两个滚，一头栽了下去，随后又一架日机被他打得凌空"开花"。飞行员梁添成也先后击落了两架敌机，以至于他兴奋得着陆时忘了放下起落架，险些机毁人亡，好在他临危不惧，来了个"机腹迫降"，总算是有惊无险。

这一仗，把来势汹汹的木更津航空队打得七零八落，狼狈逃窜。胜利归来的勇士们高兴得直蹦。检查飞机、清点人数，大家这才发现少了乐以琴。

"乐以琴到哪里去了？"大伙儿一下紧张了起来。大家都知道，昨天没有打下敌机的乐以琴一个晚上都郁闷不语，莫非今天他杀敌心切，出了意外？

大家各自回忆空战时乐以琴的位置，并没有谁发现他的飞机中弹坠落。

"也许这小子太恋战，追日本飞机去了。"有人宽慰起大家来。但没有看到乐以琴本人，大伙儿还是放心不下，一个个站在机场，望着灰蒙蒙的天空，等候着战友归队。

就在大家焦急万分的时候，天空中传来飞机的轰鸣声，眼尖的看到了"2204"编号，正是乐以琴的战机。

乐以琴的战机像只雄鹰，呼啸着欢快地落到了机场上。

乐以琴太高兴了，今天他终于出了口恶气。原来他驾驶着"2204"号霍克-3式战斗机，一升空就死死地咬住两架围攻自己的敌机，在空中俯仰翻飞，与敌机玩起了"捉迷藏"，一会儿它冲进云层中，躲了起来；一会儿又从云层中杀出来，对着敌机就是一阵冷射，一架敌机就被他击落了。另一架敌机转身就逃，说时迟那时快，乐以琴对准它就是一梭子枪弹，再次击中敌机。

"龟儿子，我看你往哪里跑！老子还没有打过瘾呢！"乐以琴一边骂道，一边在空中搜寻敌机的影子。

乐以琴终于看到了敌机的影子，他什么也顾不上了，穷追不舍，从杭州上空追到了曹娥江上空，可惜还是追丢了。就在乐以琴满脸沮丧准备返航时，正巧碰上几架逃命中迷航的敌机飞了过来。

"来得正好！"乐以琴的战机呼啸着钻进了云层，突然间一个急降，又从云层中钻了出来，正好绕到了敌机后面，他如饿虎扑食般地冲下来，"嗒嗒嗒"地一阵猛扫，等到鬼子回过神来，乐以琴已干掉了两架日本飞机。

一战击落4架敌机。乐以琴憋了一个晚上的恶气，终于出了。

乐以琴当年击落的一架日机，就坠落于余姚庵东海滩（今慈溪市庵东镇）。这架被乐以琴击落的日机残骸照片，在空战的第二天，就刊发在报纸上。

后来，这张照片被宁波市新四军历史研究会收集到了。

因为时间久远，这架日本战机是何人、何时击落的，在很长一段时间，成了困扰研究会的一个谜。

直到2009年，谜底终于被揭开。因为后来他们意外找到一份1937年8月16日的报纸，上面的很多内容与这张老照片十分吻

合。击落这架飞机的中国飞行员,就是乐以琴。

经过多方查证,他们还原了乐以琴击落敌机的过程:

乐以琴驾驶的"2204"号战机以迅雷不及掩耳之势冲入敌机群,很快就击落两架敌机。越战越勇的他对敌机紧追不舍,追到曹娥江上空,一排子弹猛烈射向敌机,又陆续击落了两架。其中,一架敌机栽在庵东的浅滩上,另一架在山腰撞得粉碎。

这架坠落在庵东海滩上的日机是八九式2号舰上攻击机,是由日本三菱公司1930年制造的,编号为"271"号,双翼,3座乘员。

飞机尚未坠落时,突然从燃烧的飞机中蹦出两个小黑点,很快又变成白色的蘑菇,在空中缓缓下降。

"鬼子跳伞了!快抓鬼子……"

地面上观战的人们激动起来,人们向降落伞飘落的地方蜂拥而去。在追击中,无线电员松田敏夫被击毙,而逃逸的战斗员高桥民治在下午5时被捕获。当时,被击落的日机上有3名日机人员,飞行员阿世知在坠落时已经身亡,高桥民治在当晚被送往宁波防守司令部。

这天,中国空军共击落敌机17架,其中,乐以琴一人就打下4架日机。

飞机刚刚停稳,乐以琴就像个小炮弹似的蹦出座舱,向队长李桂丹报告:"他妈的,老子打下一架敌机,摸摸自己的脑袋还好好的,反正已经够本,干脆玩命地干吧。追上一架就给一梭子，直打到第4架往下掉的时候，可惜两挺机枪的子弹都打光了，油也用光了，只好放他们逃生。报告完毕。"没等李桂丹做何反应，兴奋的乐以琴就以百米冲刺的速度跑了。

一战击落4架敌机，是个很了不起的战绩，可这个可爱的四川小伙子竟报告得如此简单。消息传出，举国振奋。国内报纸和各国通讯社纷纷报道，印发号外。大长了中国抗日军民的志气，极大地打击了日本空军不可一世的嚣张气焰和日军"三个月亡华"的梦呓。乐以琴一战成名，被誉为"江南大地之钢盔"，成为令日寇闻风丧胆的空战英雄。

世界各大报纸、通讯社发出消息报道：中国空军"军魂"高志航首建奇功，中国"骑士式"英雄乐以琴，一举击落敌机4架。

对日空战大捷，各地各团体的贺电如雪片般飞来。

在此后的战斗中，乐以琴又击落敌机两架。自八一四中日空战以来，乐以琴所在的中国空军第四大队在大队长高志航的率领下，人人奋勇杀敌，七天之内击落日机60余架。

乐以琴更是勇猛顽强、技艺高超，创造了7天击落敌机6架的辉煌战绩。人们把他和大队长高志航，战友刘粹刚、李桂丹并称为中国空军的"四大金刚""空中四勇士"，乐以琴更是被誉为"江南大地之钢盔"。

中国漫画先驱叶浅予曾经以"四大金刚"为题材，创作了一组空战漫画，参加苏联抗敌漫画展。在南京预展时，叶浅予发现乐以琴和他的战友也前来参观，便特意请乐以琴与自己在画前

合影留念。

后来叶浅予撰文说,画面上头像最大的那个就是乐以琴。

《空军俘虏供词》《日本兵的自白》等几本抗战初期出版的小册子,已经在图书馆的书架上静静地躺了半个多世纪,几乎无人问津。日久年深的灰尘渗透到纸的纤维之中,书的封面已经失去了本来的颜色。翻开发黄变脆的书页,我们看到了当年那场空战的另一个侧面。

川田胜次郎,25岁,日本佐贺县人,木更津航空队一等航空兵。江田岛海军学校毕业,任九六式重型轰炸机驾驶员。8月15日从中国台北基地起飞,一同出击的飞机共34架,分别前往轰炸杭州、嘉兴、南京。川田所在中队的目标是杭州。

以前,川田从未到过中国大陆。此次他跟在长机后面飞行。中队到达钱塘江口上空后,顺钱塘江飞行。从地图上看,他知道距离杭州已经不远了。当他发现左上方出现了几个小黑点并迅速向他逼来时,他意识到这是中国战斗机。不过他并不惊慌,他相信凭自己娴熟的飞行技巧完全可以摆脱中国飞机,何况九六式重型轰炸机还备有很强的自卫火力。他当即将飞机向右下方急转,同时听见射手中岛正治和小川秀雄在身后猛烈开火。他弄不清飞机是怎样被击落的,只感到飞机突然猛地一抖,操纵杆就不听使唤了,飞机失去了控制,浓烟和火苗开始蹿进机舱。他记得他跳出飞机的那一瞬间,还听见中岛和小川在烈火中发出的惨叫。

川田还在空中降落时就看见许多人正向这里跑来。落地后,他本想开枪抵抗,但当中国士兵包围上来时,他犹豫了一下,于是做了俘虏。

川田很不服气。他不相信中国飞行员可以打败木更津航空队。他认为一定是美国飞行员把自己击落的。"你们是美国人帮忙作战的。"他在一位中国空军军官面前愤愤地嘟哝了一句。

不料这位中国军官竟听懂了,并且还能讲日语。他告诉川田:"你来看看,是谁把你击落的。"

军官把川田带到一个中等个子的飞行员面前,说:"就是他把你击落的。他一人就击落了4架,你的飞机只是其中一架。"

后来他才知道,这名军官就是大名鼎鼎的高志航,把自己击落的飞行员名叫乐以琴。

同一天,袭击南京的木更津航空队遇到中国空军飞机及地面高射炮的拦截,被击落4架、击伤6架。这个组建于20世纪30年代初,由日本顶尖飞行员组成、日本天皇亲自命名授旗的木更津航空队首次出战,就损失过半。

在日本飞机的轰炸中,首次遭到日本海军航空兵攻击的南京蒙受了重大损失。南京机场的飞机库及一些飞机被炸毁,军人和市民均有伤亡。

乐以琴等人一战成名。他到商店买东西,人家一看是"飞将军"乐以琴,死活不要钱。

乐以琴说那不行，必须付钱，就把钱给付了。东西买回来打开一看，里面塞着一个小纸袋，纸袋上面写着："飞将军，愿你多多打下日本飞机，为我们民族争光，这是我们一点小小心意。"

纸袋里装着的正是他付的钱。类似这样的事，在高志航等人身上也发生过。原来，在上海、杭州，很多商店老板早就商量好了，"飞将军"购物不收钱，他们提前准备了小纸袋，并统一在上面写上这样一句话。

抗战初期，虽有高志航等一批热血报国的飞行员，但实力与日本航空兵相比，却有着巨大的差距。日本自明治维新开始实施国家现代化，到20世纪30年代已经拥有强大的航空工业，生产不同型号的作战飞机3000多架。在军国主义的操控下，日本成为一架开足马力运转的战争机器。

而当时的中国积弊百年，军阀割据，内战频繁，中国空军初建，还没有形成自己的飞机制造能力，所有的飞机都只能从国外进口。零部件缺乏、型号混乱，能飞上天的不过300架左右。全面抗战爆发后，因日本对中国实施封锁，中国从欧美购买的飞机也无法运入。中国空军的飞机处于只有损耗而无补充的困境。因此八一四空战旗开得胜，并没有让中国空军冲昏头脑。他们知道，日本航空兵在吃亏以后，一定不甘心挫败，会进行更大规模的报复。恶战还在后面。

8月16日，日本航空母舰上的飞机大批参战，中国空军遇到

更大挑战,中国空军第三、第四、第五驱逐机大队再接再厉,又击落敌机8架。

8月21日,淞沪战事愈演愈烈。正当中国陆军作战部队乘胜追击时,从敌航空母舰上起飞的10余架日机突然迎面而来,低空扫射,压制得陆军部队进退两难。此时,空军第四大队奉命轰炸敌航空母舰,适时赶到。因战功卓著,已担任副队长的乐以琴率第二十二中队机群从高空俯冲下来,他抓住战机,再次以迅疾难防的炮火,击落敌机2架。日机见状仓皇逃窜,乐以琴率队乘胜追击,冲入敌军阵地上空一阵扫射和轰炸。正在吴淞口、张家浜一带登陆的日军,突遭袭击,死伤千余人,敌军气焰再次受挫。

由于在多次空战中,乐以琴均以高超的战术和猛、准、狠的火力,左右开弓,弹无虚发,给敌机以致命的打击,因此,日本飞行员视他为眼中钉,欲除之而后快。曾经有战友劝告乐以琴变更机号,麻痹敌人。乐以琴坦然而坚定地回答:"如果因为我的英勇作战,为国增威,这是国家也是个人的光荣。以身许国,本是男儿分内事。岂能希图保全自己而变更机号,向敌人示弱呢!"

乐以琴在空中犹如一只勇猛的雄鹰,扑击敌人,毫不手软。可离开空中战场,对待已经战败的俘虏,他却宽宏大量。据他的同学,第五大队第二十四中队分队长王倬回忆:"当时我方对待受伤的战俘,是很优待的,他们和我们的伤员享有同等医疗待遇。有一天我和以琴去医院看望被他击落并被俘的冈本纯一。当

我们来到病房时,战俘看见我们身着飞行人员的军装,很紧张。我们走过去与之握手,由于语言不通,以琴就拿笔写下:'昨天在天空,我们各自为国家作战,是敌人;今天在病房,我们就是朋友了。知道你的腿受伤了,带来一些水果和点心来看你,你不要害怕,好好调养。'战俘会意后很感动,也写下了'非常尊重'表示感激。冈本纯一眼泪夺眶而出,惭愧得深深低下了头。"

高志航在八一五空战中负伤,进了医院,等到战斗结束后,李桂丹、乐以琴马上来看他,并向他汇报战果:李桂丹独自击落2架,和战友合作击落2架,合计战果3架;乐以琴更厉害,一举打下4架飞机。

高志航一听,高兴极了。就在这时,医院外面一阵嘈杂:"我们要见高大队长!"打开病房门一看,来的都是市民,有不少人手里还提着水果、点心等慰问品。

这是怎么回事呢?原来,这些老百姓都是机场附近的居民,空战开始之后,这些老百姓本来要跑,再一看双方飞机在打呢,正好有一架被击中,拖着黑烟坠下来了,"哎!这飞机印着'膏药旗'呢,是日本飞机!咱们赢啦!"

一会儿,又掉下几架日本飞机,人们不禁发问:"打掉日本飞机的飞行员是谁呀?"

有人见识广:"我可听说啊,来的这是咱们空军第四大队,大队长是高志航!"

后来有人又听说高志航进医院了,回来一煽呼:"高大队长

让日本鬼子打伤了!在医院呢!"

"咱可得看看去啊!没有高大队长,今天咱们全得被小日本炸死!"

一呼百应!老百姓自发组织起来,跑到了医院看望高志航。高志航一看,感动得不得了,赶紧说:"乡亲们!我高志航何德何能?怎么敢劳大家来看我啊!"

"没说的!没您,我们就被小鬼子炸死了!您可是我们脑瓜顶上的钢盔啊!"

高志航一听,乐了:"今天我们打下了小日本很多飞机,我高志航不过才打下了一架,怎么敢接受大家这么多礼物啊?这是我们第四大队的战士打的。大家看哪!这是我们的中队长李桂丹,外号'铁面判官',他今天打下3架敌机!分队长乐以琴,他打下了4架敌机!"

高志航把李桂丹、乐以琴推到身前。别看高志航和李桂丹都是东北人,但他们的个头不高,都是一米六五上下,乐以琴将近一米八的个头,跟高志航、李桂丹一比,显得高人一头,跟铁塔似的!

高志航继续说:"这位叫乐以琴,今天一战,打下小日本4架飞机,他才是咱们的第一功臣!他才是咱们脑袋顶上的钢盔呀!"

乐以琴的脸当时就红了:"大队长,我怎么能跟您比呢?"

旁边有人叫了起来:"高大队长!我听说您的绰号是'玉面

阎王'。李中队长的绰号是'铁面判官',您俩是一个阎王、一个判官,咱们这位飞将军,有没有绰号?"

高志航乐了:"我这个小兄弟还没有绰号,大家给起一个吧!"

大家一听,叽叽喳喳地议论开了,有说叫"克日本"的,有说叫"斩倭寇"的,吵作一团。最后有一个人站出来了:"各位,我起了一个,几位飞将军看看行不行啊!来啊!笔墨伺候!"

敢情这位书法还不错,笔墨拿来,此人龙飞凤舞,写了八个大字——"空中子龙,江南钢盔"。

高志航一看:"以琴哪,你看看,这是百姓对你的期望啊!想让你当空中赵子龙,也想让你做江南人民头上的钢盔,你看这个外号怎么样?"

乐以琴一看:"好啊!我就这个外号了!以后我一定不负各位所望,当个空中赵子龙,现在给江南人民当钢盔,以后给全中国人民当钢盔!有我在,日本鬼子就别想在咱们头上胡来!"

大伙纷纷鼓掌!

8月16日,华东地区的台风影响基本消除,日本航空母舰的飞机大批参战,中国空军在前两天作战中的优势地位已渐渐失去。日本海军航空母舰"龙骧"号和"凤翔"号上的舰载飞机起飞攻击了上海周围的嘉兴、虹桥、龙华等机场。中国空军奉命组织敢死飞行员,袭击日军航空母舰。

同一天，中国空军在句容上空同鹿屋航空队激战，在苏州上空与木更津航空队激战，分别击落鹿屋航空队飞机3架、木更津航空队飞机1架。

当天作战中，中国303号飞机被击伤，飞行员桂运光中弹阵亡，黄文模负伤后仍坚持把飞机安全降落在中国阵地后方，终因伤势过重，于9月7日殉国。第三十二中队中尉分队长黄保珊在嘉兴上空被敌机击落牺牲。

从8月17日起，中国空军每天都频繁主动出击，轰炸日军在虹口的阵地及黄浦江中的军舰，同时抗击日本空军，涌现出了奋勇杀敌、视死如归、以身殉国的英雄。17日，阎海文在轰炸日军司令部时被高射炮击中，跳伞落入敌阵，以身殉国。19日，沈崇海在座机发生故障后，冲向敌舰，壮烈牺牲。

在淞沪抗战初期，中国空军多次主动出击，给予侵华日本海军舰队和陆战队一定打击，支援了地面部队。在8月14日至16日三天中，号称"虎之子"的日本海军第一联合航空队38架新型九六式陆上攻击机竟损失18架，令日军极度震惊。

然而，由于客观上中国空军与日本空军相比处于劣势，因而在上海战场上，制空权一直操于敌手。

为配合地面部队，8月20日，国民政府下达命令，规定空军的任务是"应集中主力协同陆军，先歼灭淞沪之敌"。当日下午，第八大队第十九中队从汉口出发，飞至上海江湾轰炸敌军指挥部。

8月21日5时，6架敌机偷袭扬州机场，第五大队驱逐机升

空迎敌,击落敌机4架。但在机场上停放的4架中国飞机被敌机击毁。同一天,第五大队、第二大队、第四大队分别轰炸指定的目标。

8月22日,增援淞沪地区的日军开始在吴淞口附近登陆,第四大队代理大队长王天祥(高志航因8月15日空战手臂负伤住进医院治疗)率领两个队的18架霍克飞机,飞往上海浏河一带,轰炸登陆敌军。日航空母舰上的飞机及其他军舰舰载飞机同时迎战。王天祥在击落两架敌机后,座机中弹,身负重伤,后英勇牺牲。

8月23日,日军已在吴淞口登陆,并派陆上攻击机奔袭南京、安庆、宁波等处,以牵制中国兵力,并以航空母舰及其他军舰上的飞机掩护登陆。中国空军第四大队第二十二中队队长黄光汉率第三、第四、第五大队的19架飞机,飞向上海吴淞口一带,轰炸登陆日军及敌军舰、运输舰等;第三大队第十七中队队长黄泮扬率7架波音机,担任掩护。在吴淞口与敌机遭遇,激战中,击落敌机2架,中国空军损失战机1架,分队长秦家柱阵亡。

再接再厉　成为中国首个王牌飞行员

8月24日,日本航空母舰上的105架飞机全部出动,轰炸中国军队阵地,中国官兵伤亡极大。8月25日,日军第三师团登陆

后，以主力向上海西北的罗店镇进攻，中国空军第九大队大队长刘超然率4架雪莱克机，自南京飞往罗店，攻击日军。同时驻汉口的第八大队大队长谢莽也率5架飞机飞赴上海助战。另外，筧桥航校暂编大队第三十四中队也率两架飞机飞沪参战。在到达上海时，中国空军发现狮子林江面有24艘日军舰，立即投弹多枚，并俯冲扫射。日本海军的飞机起飞反击。

同一天，中国空军第六大队第十五中队飞行员高漠自杭州单机出动，轰炸上海虹口敌军阵地，日军高射炮和飞机皆向他攻击。他奋不顾身，投完全部炸弹后才返航。此时他已受重伤，后因流血过多而殉国。9月3日，中国空军第四大队继续出击，在江苏上空同敌机相遇，展开了激烈的空战。

至9月中旬，中国空军为配合地面部队与日军进行了一系列作战，双方均付出了惨重的代价。随着中国陆军放弃第一道防线，退守江湾、罗店、浏河一带，日本航空队得到陆上基地，实力倍增。而中国空军飞机消耗很大，又难以补充，出动的次数和架数逐渐减少，只能进行夜袭和担任各机场的防空任务。

同一时期，中国空军除了集中主力在华东同日本海军航空兵作战外，还派出部分兵力担任华北、华南战略要点的防空任务，并支援地面部队。

鉴于中国空军损失严重，空军总指挥部命令驻扬州的第五大队、驻筧桥的第四大队、驻句容的第三大队全部集中在南京光华门外的大校场机场。原因有二：一是日机经常空袭南京，南京

不能没有较为强大的空防；二是连日作战，中国空军飞机数量在减少，如果把作战飞机分散使用，容易被日机逐个击破。集中起来，统一调度使用，更能发挥作用。

最先到达的是第五大队。随后，乐以琴所在的第四大队和第三大队也陆续赶了过来。乐以琴等飞行员就住宿在中山陵图书馆。这里丛林茂密，幽静雅致，是航空委员会安排的。励志社还组织了一个战地服务团，提供弹子房、扑克、象棋、围棋等娱乐设施，还提供书刊画报等。饮食方面也很丰富，南京各界群众捐献的慰劳品堆积如山，医院里摆放着花篮，从病房一直摆放到了走廊和扶梯。

三个大队集中起来，形成了更大的力量，航空委员会决定给日军一次更大的打击。

作战计划是由美国顾问陈纳德制订的。

陈纳德是美国陆军航空队的退役军官，1937年来到中国。他有卓越的飞行技术，应航空委员会邀请，担任笕桥航校顾问。七七事变发生后，陈纳德预料战事将会升级，他以航校顾问的名义，穿梭于南京、杭州、南昌等地，为中国空军"临阵磨刀"，传授驱逐机的实战经验。在南昌，他曾指导乐以琴等驱逐机飞行员如何做好空中射击以及准确地俯冲投弹。毕竟当时第四大队的飞行员，除了高志航等少数飞行员有过空中实战经验外，其他飞行员毫无经验可言，凭的是一腔热血和不怕死的精神。

9月18日，是九一八事变6周年纪念日，空军指挥部决定对上海的日军发动一次大规模的夜袭。"中国空军要以死的决心，由傍晚打到天明，以雪九一八之耻。人休息飞机不休息，轮番飞到上海去，到海上去，炸平上海的日军阵地，炸沉海上的日本军舰……"

参加夜袭行动的是空军第四大队、第五大队和第六大队。

晚上7点30分，首批参战的李桂丹（队长）、王远波（分队长）、柳哲生、龚业悌、王文骅、曹世荣6位勇士驾驶着6架霍克-3，每机携带8枚炸弹，从大校机场起飞，向东呼啸而去。

从1500多千米高空鸟瞰地面，茫茫大地漆黑一片，偶见一些城镇萤火似的灯光若隐若现。当时上海公共租界里的发电厂灯火通明，无形中为中国空军指航，勇士们很快就飞抵南汇上空。

上海的侵华日军正陶醉在所谓"中国空军已被日本空军击溃"的喜悦中，此刻空中突然响起隆隆的飞机引擎声，瞬间几十颗炸弹陡然而落。在日军尚未反应过来时，日寇的军火库已是火海一片，阵地上日军鬼哭狼嚎，四下逃窜，死伤无数，惊慌失措的日军忙不迭地用高射炮对空反击。

中国空军飞抵吴淞口，海面上日本军舰亮着灯光，空袭警报拉响了，探照灯巨大雪亮的光柱在夜空中摇曳着，照射着天空中的飞机。高射炮和高射机枪的射击声响彻海面。中国空军掠过军舰上方，打开弹舱门，一颗颗复仇的炸弹呼啸而下，落在军舰的甲板上，剧烈的爆炸将甲板炸穿；日军航空母舰上的飞机中弹后爆炸起火，几艘护航的军舰亦被炸沉海底。

紧接着第二次袭击开始，20点30分由第五大队二十五中队胡庄如队长率张伟华（分队长）、邹赓续、张慕飞等6位勇士驾机前往上海参战。一阵轰炸过后，汇山码头燃起熊熊大火，敌方货栈里堆放的大量刚从日本运来的军用物资化为灰烬。

22点05分，第三次夜袭由第五大队代理大队长王常立率二十二中队的乐以琴、张光明、巴清正、梁添成驾驶5架霍克-3，由浦东飞入杨树浦，轰炸苏州河一带日军和码头上的物资，日军鬼哭狼嚎，死的死伤的伤，四下乱窜。

23点20分，第四次夜袭开始，第二十一中队李桂丹再次出征，率王远波、柳哲生，驾驶3架飞机，前往上海吴淞口轰炸日军阵地。

午夜后，第六大队五中队飞行员陈历寿、刘盛芳、封仕强、叶子云等人，分三批单机前往上海轰炸日军营房。

整个夜袭行动持续到拂晓，给日军以沉重打击。第五大队代理大队长王常立在返航落地时，飞机坠入大校机场边缘壕沟机毁人伤，终因伤势过重牺牲。

在这次夜袭中，中国空军出动23架次飞机，对侵占上海的日军实施了通宵达旦的轮番轰炸，取得了继八一四空战以来的又一次大胜利。

9月19日—20日，日本军队对中国空军进行疯狂报复，一场恶战在江南上空打响，乐以琴等人将个人生死置之度外，连续作战。20日上午10时许，日本海军出动32架轰炸机和战斗机，组成联合编队空袭南京，企图彻底摧毁大校场、明故宫机场。升空迎敌的刘粹刚、乐以琴猛冲猛打，很快冲散了敌机编队，乐以琴紧紧盯牢敌人的一架飞机，从南京上空就开始穷追猛打，敌机飞行员吓破了胆，赶紧逃窜。乐以琴从敌群中杀出，一路追至镇江上空，将敌机击落。

乐以琴先后共击落敌机6架，超过了王牌飞行员击落敌机5架的标准，成为中国首个王牌飞行员。

高志航虽然负伤住院，但他依然心系空战。在病床上他想到了霍克-3的性能还可提高。9月底，他从医院回到了南京机场，围着飞机打转："我就不相信霍克-3打不过日本九六！"

经过仔细研究，他发现霍克-3其实有一些配件是"多余"的，如油箱前的整流罩、下油箱，机翼下面的炸弹架、落地灯……去掉这些东西，霍克-3就可轻装疾飞。

此时日本空军还蒙在鼓里。他们自以为早就把中国飞机弄清楚了，可以高枕无忧了。当高志航、乐以琴等人驾驶着"瘦身"后的霍克-3出现在他们面前时，面对飞行速度陡然加快的霍克-3，他们一下愣了，手足无措，根本来不及反应。

改装后的霍克-3大展雄风，打得敌机节节败退。

尽管如此，中国空军最终还是败下阵来，毕竟飞机数量有限，损失的飞机无法得到补充，空军开战仅一个月，捉襟见肘的中国空军很快就陷入困境。

在华北方面,继北平、天津沦陷之后,侵华日军开始西进、南下,华北战事告急。

9月21日,14架日军轰炸机在8架驱逐机的掩护下空袭太原。中国空军第五大队第二十八中队的4架驱逐机和笕桥航校的3架驱逐机一起应战。当时中日空军力量对比悬殊,但中国空军勇士们沉着勇敢,时时寻找战机。第二十八中队中队长陈其光击中日军三轮宽的战机,该飞机迫降在麦田中,被当地农民包围,三轮宽被击毙。三轮宽是日本空军中较老的飞行员,隶属于关东军飞行集团,七七事变后,他率大队由牡丹江飞抵天津,曾多次率队攻击轰炸南苑、北平西郊、保定、石家庄、张家口、大同等地,被日军称为"射击之王""攻击能手",结果却成为最先丧命的日本陆、海军"四大天王"之一。

10月25日,中国空军第五大队第二十四中队派了3架驱逐机赴山西配合地面部队反攻娘子关;26日,中队长刘粹刚率队从南京出发,途中他驾机不幸撞上山西高平县城东南的魁星楼,壮烈牺牲。

在华南方面,8月31日,日机首次空袭广州。中国空军第二十九中队的8架霍克机起飞迎敌,并击落敌机1架、击伤1架。此后,日本海军航空队经常袭击广东各地,日军舰艇也封锁了东南沿海。中国空军派出飞机沿海搜索,轰炸敌舰。9月13日至18

日，中国空军出动8次，共炸沉敌舰3艘，对遏制日本海军对华南的侵略起了一定的作用。

10月上旬，驻扎在南京的中国空军第四大队受命前往兰州接收一批苏制飞机，高志航率乐以琴等人到了兰州，就地组织驾驶和作战训练。上海失守后，国民党军方一直在为即将打响的南京会战做准备。空军高层在命令中明确指示，一旦南京战事打响，第四大队必须立即驾机返回南京参战。刘粹刚等5人北上，加上第四大队调离，南京明故宫和大校场两个机场中第一、第三、第四、第五4个大队所剩的飞机总数已不足20架，且其中只有9架新霍克式战斗机和南昌飞机制造厂生产的1架菲亚特CR-32型战斗机，其余则全是老式霍克式战机和"白鹰"战斗机，南京城上空基本上已无防空力量可言。

10月19日，龚业悌在日记中写道——

抗战以来，我们空军已在历史上写下了光荣的一页。在几个驱逐队里差不多三分之一以上的人都有击落过敌机的纪录，我们队里没有击落敌机的仅有一两个人，而且他们都是在空中未曾遇到过敌机的。

今天有命令，四、五两大队中，作战有过优异的成绩和记录最多的人都得晋职和升级，我们的队长李桂丹晋级上尉，升四大队副队长；队长的职务由二十四队的副队长董明德担任，他也是曾有过击落两架飞机的纪录，其中一次是击落敌空军一联队长；二十二

队的乐以琴分队长晋升上尉调为我们的副队长,他是曾经击落敌机六架,在上海曾被敌人击落着火,而跳伞受伤,在医院中休养了一个星期;二十三分队长吕基淳,也晋升上尉,他的纪录也在四架以上,而且有一次是在敌人夜袭首都时创造的,他曾在太湖上截击敌轰炸机六架,将其击落一架,而右股中弹受伤,在中央医院治疗近一月,他的英勇是和副队长一样值得我们钦佩。还有二十四队队长刘粹刚和队长袁葆康,他们各有六架以上的纪录,也都在这一次晋级,命令传来,使人无限羡慕,我们应该效法他们。

在龚业悌的日记中,他对乐以琴等人的敬仰之情,洋溢在字里行间。

11月12日,上海沦陷,中国守军全面向西、向南退却,日军乘势进逼南京,作战形势非常严峻。中国空军此时已经名存实亡。日军彻底获得制空权后,肆无忌惮地轰炸平民、卫生设施;配合野外作战部队对中国军队构成重大威胁;日本空军还远离前线,去轰炸武汉等后方的城市。

没有飞机可开的中方飞行员,躲在防空洞中急得直跺脚,看着敌机接连不断地轰炸南京,他们的心在滴血,却只能仰天长叹。

1937年8月,中苏两国签订《中苏互不侵犯条约》,该条约明确了苏联援华抗日的政治基础。此后苏联曾给予中国三次信用借款，总计 2.5 亿美元，利息极低。

苏联援华的目的很简单：要中国顶住压力，而不向日本投降。

苏联对中国空军的援助是多方面的。苏联政府于 1937 年 9 月开始运送第一批飞机来中国。随后，又选拔大批飞行员和航空地勤人员，以苏联空军志愿队名义来华。志愿队不仅为中国提供战机、人员训练，还出动优秀飞行员，直接帮助中国抗战。

兰州接机　短暂而又紧张的休整

10 月中旬，第四大队飞行员辗转到了兰州，苏联援助的飞机还在路上。在等待的日子里，大家有了一次无奈而又难得的休整机会。

兰州是中国西部的重镇，古代丝绸之路的枢纽，南来北往的人特别多。别看是战争年月，这也算是个世外桃源哪！各期同学自毕业后各奔东西，平时难得一见，此时在千里之外的兰州再度相逢，显得格外亲切。他们暂时抛开了那无日无夜的战斗生活，利用这难得的机会，游遍了兰州附近的名胜古迹。

然而，这一次短暂、轻松、愉快的相聚，却成了部分同学和大家的最后一次见面——一个月后匆匆回南京作战的乐以琴，在

12月3日阵亡；而第三期的吕基淳，也在1938年2月武汉空战中牺牲。

短暂的放松，让他们恢复了年轻人的朝气，他们非常珍惜这一段时光。

董明德、乐以琴、赖名汤、王广英、司徒福、龚业悌等几个年轻人凑到一起，玩了几把扑克，感觉肚子饿了，有人就提议："咱们好不容易到了兰州了，离新疆也不远，能不能弄点新疆烤羊肉串来解解馋呢？"

"哎！有道理！"

这时候，飞行员司徒福一听："哎！大家等等啊！我正好知道一个新疆人，烤羊肉串倍儿棒！"

说着就跑出去了，不一会儿，司徒福还真领来一个维吾尔族小伙子，这个小伙子搬来一大筐羊肉，还有烤羊肉的架子。

小伙子摆开炭火，开始烤起了羊肉串。这一烤不要紧，香气四溢。李桂丹、柳哲生也挤过来，几个小年轻你一串、我一串地吃开了！没过一会儿，风卷残云一般，大家伙把一筐羊肉吃了个干净！

司徒福也高兴，等吃完了，手一招："老板，算账！"

小伙子看看，这一共十来号人，直挠脑袋，拿手一个个点，他自己都数乱了。最后李桂丹说了："别数了，你就说你一筐多少钱？"

"我这一筐是一只羊，怎么也得七块法币吧。"

"不多,给你十块!不用找了。"

李桂丹说完,从兜里掏出钞票,塞到了小伙子的手里。

小伙子揣着钱走了。等到第二天训练完了,队员们准备吃晚饭的当口,那个小伙子又来了,还带着一筐羊肉,二话不说,就烤上了。苏联飞行员闻到香味也过来吃。人多,不一会儿,一筐羊肉全部烤着吃完了,乐以琴又往小伙子的羊肉筐里放了十块钱。

第三天训练完,小伙子又搬来一筐羊肉,抱着肩膀在炉子前面一站,说:"今天谁给钱,谁就是王八蛋!"

大伙全乐了。原来是前两天的钱给多了,今天小伙子是来给前两天找钱的!

10月30日,苏联第一批四架伊-16驱逐机到达兰州。乐以琴等人一见就扑了上去。

空军空手了,就不是空军了。

伊-16矮小精悍,将来飞回战场必有一番作为。飞行员们马上投入训练。高志航、乐以琴等飞行员虽然有底子,但是单翼机和双翼机有好多不同点,飞行员们从教练机开始,一点一点学,理论、飞行、降落、编队等,飞行员们一丝不苟!就算是休息的时候,飞行员们也不闲着,经常和苏联援华航空队的飞行员一起交流有关日本飞机的信息。等练熟一点了,还来几场模拟空战,交流经验。

交接过程非常缓慢，队员们通常是一大早就乘车赶到机场，轮流坐上飞机，由苏联飞行员带领做一些高难度的战技动作。伊–16有单翼的，也有双翼的，他们先练单翼的，再练双翼的。在乐以琴看来，苏制伊–16比美制霍克–3好用，而且火力更强。

苏联飞行员十分教条，他们按照国内的训练条例对中国飞行员进行培训。但高志航、乐以琴等飞行员却坐立不安。在他们的一再要求下，苏联飞行教官才同意他们试飞。

高志航爬上飞机，检查仪表，把飞机性能了解清楚后，在苏联飞行教官惊愕的眼神中，他点火开机，先是在跑道上慢慢滑行，突然一拉机头，就冲上了蓝天。

当高志航率领6架伊–16准备飞越六盘山时，却遭遇暴风雪，几经拼搏仍无法找到西安机场，最后6架宝贵的战斗机全部油尽坠毁，万幸的是无人员伤亡。

在损失了6架战斗机后，痛心的高志航命令余下的战斗机全部返回兰州，并在兰州重新集结。11月15日，高志航率13架战机，准备从兰州直飞南京。然而连天大雨，天气恶劣，只得转飞周家口机场。

一连几天大雨，飞机趴在了周家口不能挪窝。11月21日上午，天气开始好转，高志航指挥飞行员准备登机，就在这时，日本9架轰炸机已到了周家口机场上空。原来，中国飞机在周家口待命的消息，被日军破获，他们先下手为强，气势汹汹地前来轰炸。

在惊恐不安的警报声中,高志航全然不顾危险,奔跑到飞机前,边拉舱门边大叫:"快起飞!快起飞!"

日军的炸弹已呼啸而下。高志航的大手刚抓住飞机拉手,机舱门还来不及打开,炸弹就在身后爆炸。

出师未捷身先死。高志航牺牲时,双手还紧紧握着飞机的操纵杆。

战神陨落。乐以琴得知这一消息后,一下惊呆了。他知道等待自己的,是更残酷的考验。

高志航牺牲后,乐以琴等人和苏联空军远征分队,组成了第一支中苏联合空军编队。尽管中国空军已经损失了大批宝贵的飞行员,但在这支队伍中还有董明德、李桂丹、乐以琴、罗英德、刘志汉等一批技术精湛的飞行员。

12月3日,乐以琴战死在南京上空。1938年2月18日,李桂丹率队参加保卫武汉空战,一人便击落敌机3架。激战中座驾被日机击中,李桂丹壮烈殉国,时年24岁。

空军"四大金刚"全部殉国,年龄最大的是高志航,殉国时30岁;刘粹刚生于1913年,殉国时24岁;乐以琴、李桂丹都生于1914年,殉国时分别为23岁、24岁。

血洒天野　南京上空的孤鹰

"乐以琴，我们来了！"

2015年8月18日清晨，我们来到了位于南京紫金山北麓抗日航空烈士公墓旁的南京抗日航空烈士纪念馆。

纪念馆外形呈机翼状，犹如一架蓄势待发的战斗机，随时准备冲向蓝天，为维护和平而战。而在这纪念馆一侧，就是乐以琴等航空烈士的长眠之地，位于南京市钟山北麓的抗日航空烈士公墓。

刚进入纪念馆大门，正碰到一群学生扛着队旗来到这里。"今年是抗日战争胜利70周年，我们带学生们来给抗日先烈献花扫墓，正是为了更好地铭记历史，传承正义顽强的民族精神。"来自南京市区一小学的学生们，正在老师的带领下，为烈士献花。

纪念馆占地30亩，建筑面积2200多平方米，由"奋勇抗战""国际援华""壮志凌云""缅怀先烈"4个室内馆区及陈列雕塑、战机模型的两个室外展区组成。通过文字、图片、实物、文物史料、多媒体、场景再现等多种手段，全面展示了中、美、苏等国空军共同抗击侵华日军的英雄事迹，成为南京一处新的爱国主义和国际主义教育基地。

整个纪念馆基本上是由三角斜线构成的。纪念馆前是一座巨大的雕塑，塑像借鉴后羿射日的神话传说，一个三头六臂的"正义之神"骑在飞天虎上，持箭奋力向天空射去。《正义之神》雕塑，象征着中、苏、美三国团结一心联合抗战。它采用西方艺术表现形式创作而成，象征着正义的力量是不可战胜的。

一旁的纪念碑上镌刻着两列墓志铭：

  捍国骋长空，伟绩光照青史册；
  凯旋埋烈骨，丰碑美媲黄花岗。

1932年，国民政府在紫金山北麓建设了南京航空烈士公墓，陆续安葬了170余名在中国抗日战争期间牺牲的中国和援华的苏联、美国、韩国航空人员。抗战胜利后，又陆续安葬了170多名在中国抗日战争期间牺牲的中国和援华的苏联、美国、韩国航空人员。

1984年，国家拨款重修抗日航空烈士公墓，建了176座衣冠冢。1995年9月，为纪念抗日航空烈士，在公墓上方建成了抗日航空烈士纪念碑，在主碑后面排列着的30座附碑上镌刻着自淞沪抗战至1945年9月间牺牲的3306名烈士的英名，包括中国烈士882名、苏联烈士236名、美国烈士2186名、韩国烈士2名。（2015年9月2日，南京抗日航空烈士纪念馆为新补刻的990名中美抗日航空烈士名单举行揭碑仪式，包括中国烈士586名、美国烈士404名；他们中有作战士兵、空勤服务及地勤保障人员。加上此前

的 3306 名烈士，中外抗日航空烈士的总数达到 4296 名。)

在密密麻麻的名字中，我们找到了乐以琴的名字——

乐以琴　少校　四川芦山

2009 年 9 月 26 日，在原抗日航空烈士公墓和抗日航空烈士纪念碑的基础上建成了抗日航空烈士纪念馆。

伴随着抗日航空烈士纪念馆的开馆，新建的南京国际抗日航空烈士公园正式开园，对公众免费开放。公园由公墓、纪念碑、纪念馆组成，是目前世界上第一个纪念抗日战争航空烈士的公园。

沿着纪念馆内路牌的指引，我们来到纪念馆之间的广场上，一架仿造当时的美国霍克-3 驱逐机制成的模型机停放在那里。

乐以琴最先驾驶的，就是霍克-3 战斗机，他的编号就是令日本飞行员望风而逃的"2204"号。

根据霍克-3 战斗机做出来的 1∶1 飞机模型，让人仿佛看到当年战斗机伟岸的身姿。飞机模型四周有五位抗日英雄的青铜塑像，他们分别是中国的阎海文、乐以琴、高志航，美国的小弗兰克·谢尔，苏联的格里戈里·阿基莫维奇·库里申科，在铜像前分别有讲述他们英雄事迹的铭文。

阎海文（1916—1937），辽宁北镇人，中国空军第五大队

二十五中队的少尉飞行员。1937年8月16日在完成轰炸任务返航时,座机被敌高射炮击中。跳伞时,因风向变化落入敌阵地,为敌包围。被围后,阎海文宁死不降,拔出手枪击毙日军3人,击伤数人,在"中国无被俘空军"的呐喊声中用最后一颗子弹自戕殉国,时年21岁。

乐以琴(1914—1937),四川芦山人,空军第四大队中队长,上尉,1937年12月3日于南京保卫战中壮烈殉国,现安葬于南京航空烈士公墓。共击落日机8架,与高志航、刘粹刚、李桂丹并列为空军"四大天王"。

高志航(1907—1937),汉族,吉林通化县人。抗日战争期间民国空军英雄、中国空军驱逐机部队司令兼第四航空大队大队长。1937年8月14日,率大队截击偷袭杭州的日本航空队18架轰炸机,10分钟击落敌机6架,以6∶0的战绩载入史册,被誉为"空军军魂"。

库里申科,苏联空军志愿队大队长,1939年8月3日在轰炸武汉敌机场后,与敌机群相遇,一举击落敌机6架,后坠机牺牲。

小弗兰克·瑞尔,美国第14航空队王牌飞行员,在来华对日空战中打下7架日机,1943年2月在空战中壮烈牺牲。

8月18日下午,我们来到常州,采访陈立群介绍的采访对象徐霞梅。

坐上从南京到常州的高铁,我们开始在网上检索徐霞梅的相

关资料,发现她是一个传奇人物。

徐霞梅祖籍上海,中学毕业后教过书,务过农,返城后从事写作,进行民国史研究。她的这一华丽转身,诞生了一个中国空军研究专家。

徐霞梅创作出版的《国殇(第三部)——国民党正面战场空军抗战纪实》(团结出版社2011年9月出版),书的腰封上写着"首次揭开中国空军抗战的真相""空军抗战:感天撼地的惨烈 空前绝后的悲壮"等文字。

在这本书中,我们看到了"江南大地的钢盔"一章,在这章中,徐霞梅对乐以琴进行了不惜笔墨的大篇幅的介绍。

8月18日下午,当我们赶往徐霞梅所居住的常州市区时,她还在常州市妇联讲课,她的讲课很有意思,讲的是"抗战中的常州女性"。

见到徐霞梅时,天色已近傍晚。徐霞梅热情地将我们引到家中。"乐以琴,我不仅知道他,而且我还在自己撰写的书中,专门写过他。"徐霞梅说。

徐霞梅的姨父陈崇文也是抗战时期的空军,曾参加过兰州空战等战斗,她从小就对中国空军抗战史特别感兴趣。

2004年,徐霞梅收到了一本描写中国空战的书,书中详细地记载着姨父陈崇文在兰州击落敌机的战斗经历,她因此萌发了探究中国空军的念头。

从此,她一头扑在了浩瀚的史海中,历时8年,几易其稿,《国殇（第三部）——国民党正面战场空军抗战纪实》公开出版发行，迄今已多次再版印刷。

在徐霞梅眼里，中国空军在抗战时的境遇，可谓十分悲壮。他们在飞机性能和飞机数量上都不如日军，但他们却敢打敢拼、有勇有谋。他们随时做好了为国捐躯的准备。

"我在写乐以琴的时候，曾经整夜整夜地睡不着觉。"徐霞梅告诉我们，当时她的念头是，要把乐以琴的事迹写得鲜活真实。于是她多方考证，确定乐以琴就牺牲在南京市东北郊的栖霞山上。

后来，她索性一个人多次顶着酷暑、冒着大雨跑到乐以琴牺牲的南京栖霞山上，一坐就是大半天，隔着时空，她与乐以琴"对话"，感受着他当时战斗和牺牲时的情形，这才顺利完成"江南大地的钢盔"这一章的写作。

"研究历史，不光是罗列一些表象的文史资料，更多的时候，我是在和历史对话，在和历史人物对话。还原事实，给读者一个鲜活的人物故事。"一段令人热血沸腾的历史，通过一个个鲜活的人物故事，让世人看到一个不屈的民族。

于是，在书中，我们读到了这样精彩的文字——

1937年，深秋季节，南京郊区的栖霞山的枫叶红了，漫山遍野火红一片……

有一天，被乐以琴打下来的一个日本飞行员，被俘后还很不服

气地用日语说:"要不是美国人帮你们,我还能被打下来?"此时,听懂日语的高志航招招手,将在不远处的乐以琴喊到面前,对这个日本俘虏说:"你看看,是谁把你击落的。"

日本俘虏看到眼前竟是一张充满稚气的娃娃脸,只得无奈地垂头服输了……

23岁的乐以琴为保卫南京,洒尽了最后一滴血。栖霞山的红叶和烈士的鲜血融合成一片,从此栖霞山的枫叶成为南京秋天最亮丽的风景,遍山的红叶,红得像火焰,红得似鲜血……

提起民国时期的空军,不能不说中国空军与日军首战后,那段贯穿整个抗战的传奇经历,那些被誉为"飞将军"的勇士们在蓝天上与敌浴血奋战,为中国空军谱写了一曲血洒苍穹的悲壮之歌。

在影视作品中,我们看到飞行员驾驶飞机驰骋在天空时,多半会觉得他们英姿飒爽。然而就当时的情况而言,空军的条件非常落后,上天是一件非常危险的事情。

笕桥航校毕业恳亲会,学校邀请了很多家长参加,很多家长这才知道自己的儿子已投身军营。当他们走到校门口,看到校训"我们的身体、飞机和炸弹,当与敌人兵舰阵地同归于尽!"时,很多家长当场落泪:"这哪里是上大学,这分明就是当兵送死!"但他们依然支持儿子的选择!

徐霞梅在研究中发现了一个特别有意思的现象,那就是在中国空军中，飞行员大多出身于富贵人家。日本大举侵华，国难当头，一批又一批的"高富帅"投笔从戎，而"高富帅"中的代表，就是中国空军飞行员。

在笕桥航校初招生时期，为了提高中国空军的素质，招收的都是高中学历以上者，在校大学生和大学毕业生尤为受欢迎。而民国时期，大学非一般人可以读得起的，所以进入笕桥航校的，绝大部分都是"高富帅"，他们一是学历高，二是家庭富裕，三是未婚的居多。

徐霞梅的这一研究结论，正好回应了陈立群的困惑之处。

"乐以琴这么一个空军英雄，他的出现也不是偶然的，翻开乐氏家族史，就知道这是文化教育的结果。"徐霞梅虽然没有到过雅安，但她对雅安、对芦山很"熟悉"，熟悉的原因，正是她对于乐以琴近乎痴迷的研究。

乐以琴牺牲时，他的父亲已在两年前过世了，但他的二叔、三伯和母亲还是做出了一个重大决定，那就是不仅把国民政府发放的抚恤金全部捐献了出来，还另外变卖了不少家产，以乐以琴父亲的字为名开办了芦山县伯英中学（即今日芦山中学的前身）。

乐家儿女大多成了专家学者，不少还是各自领域的佼佼者，乐家的钱财，大多用于送子女上学读书，因而培养出了一个又一个的大学生，堪称"文化大家庭"。而在这个"文化大家庭"长大的乐以琴，投笔从戎、报效国家自然就不难理解了。

其实，乐以琴并不是乐以琴，他本名乐以钟。在她的书中，

徐霞梅也为读者解开了这个谜底。

富有戏剧色彩的是，1936年，乐以琴的四哥、真正的"乐以琴"也来到了杭州，来到了笕桥，他不是来探望弟弟的，他是来报考笕桥航校的。

此时，"乐以琴"这个名字已被弟弟乐以钟占用了，无奈之下，乐以琴只得借用了妹妹的名字，以"乐以纯"之名，考入笕桥航校第八期航空班（后迁到昆明），毕业后分配到昆明分校任飞行教官。他曾驾机空战，屡立战功。

我查看了民国时期笕桥航校的所有学生名单，除了第三期的乐以琴和第八期的乐以纯籍贯注明是"四川芦山"外，再也没有看到一个雅安籍的学员。

乐氏两兄弟相继借名参加空军的故事，一时传为美谈，以至后来在空军中流传着"乐以琴不是乐以琴，乐以纯不是乐以纯"的趣谈。而他们的十弟乐以斌在成都读大学期间，也考入笕桥航校（第十二期），后因身体原因，转入黄埔军校，也走上了抗日的道路，成为中国远征军的一员。

真可谓"一门十兄弟，个个大学生，三人文武兵"。

乐家的这一切，徐霞梅如数家珍，娓娓道来。

"英雄值得我们共同尊重。"在"江南大地的钢盔"这章的结尾，徐霞梅写道——

乐以琴虽死犹生。他是炎黄子孙和两岸中国人永远的骄傲！

徐霞梅对我们追访乐以琴出川抗战路的活动十分赞赏。徐霞梅不仅写过雅安人乐以琴，还在《常州日报》上发表过有关雅安独特气候的文章。

年逾古稀的徐霞梅，依然醉心于抗战空军史料的研究。而当时她的新书《陨落——682位空军英烈的生死档案》已经脱稿，团结出版社已纳入出版计划，即将公开出版发行。

"在这本新书中，我还收录了乐以琴更加详细的资料。"徐霞梅说。

2017年5月28日，我收到一个包裹，正是徐霞梅的新作。《陨落——682位空军英烈的生死档案》围绕1937年抗日战争全面爆发，记录了日寇对沪宁沿线各城镇轰炸所造成的损失，以及从8月13日到12月13日南京沦陷的四个月中，中国空军从主动出击到撤出南京的历次空战。全书收集到抗战中牺牲人员的档案682份（含简历和个人照片），每个烈士从出生、参加过的空战到牺牲的经过，档案里都做了简要介绍。

我当即打电话过去，她已住进了医院。她告诉我，她患的是胃癌，本来早就该到医院住院治疗了，但书还没有出版，怕到了医院回不了家。直到这本书正式出版，夙愿已了，这才到医院治疗。她说得很冷静，仿佛说的是别人。

从《国殇》到《陨落》，徐霞梅"见"到了无数的空军先烈，"看"淡了生死，面对绝症，她依然从容。

采访完徐霞梅后,当晚,我们乘坐高铁,从常州赶到了南京。

南京,是我采访必去的地方——

那里是乐以琴壮烈牺牲之地,那里是乐以琴忠魂长眠之所。

乐以琴在作战中勇猛顽强,屡立战功,以7天击落6架日军飞机的惊人战绩,成为中国空军史上第一位王牌飞行员。

在八一四空战之后的3个多月中,中国空军凭借自身的高超技术和顽强拼搏的决心,击落日机230架,击毙日方飞行员327人。但是中国空军同样损失惨重。至当年12月南京沦陷时,中国空军力量几乎损失殆尽。

南京失守前,中国能上天作战的飞机,东拼西凑也不到20架,无机可战的空军战士,只得在南京中山陵图书馆后的丛林中隐藏。

1937年10月19日,第四大队有过优异成绩的飞行员都得到了晋职和升级,击落敌机6架的分队长乐以琴晋升上尉,并由第二十一中队调到第二十二中队,任副中队长。

晋职和升级并没有给乐以琴带来多少快乐。

由于中国空军已到了捉襟见肘的地步,制空权慢慢转移到了日本一方。日本空军对中国沿海、沿江地区的不设防城市进行了大规模轰炸,而这些轰炸对准的目标不是军事设施,而是手无寸铁的平民百姓。他们的狼子野心就是摧毁中国人民的抗日意志,达到灭亡中国的目的。

中国空军只有利用夜间进行小规模的袭击，再也没有8月中旬那几场酣畅淋漓的空中决战了。

英雄无用武之地，乐以琴仰天长啸。

雪上加霜的是中国空军的"四大金刚"成员高志航、刘粹刚在一个月内相继牺牲。局势急转直下，中国空军彻底放弃了对上海方向的支援，只能尽量保证南京上空的安全。

高志航死后，第四大队由同为"四大天王"之一的"铁面判官"李桂丹接任大队长。几天之后，第四大队全体飞行员，都驾驶着伊-16战机来到南京，同时，第一批苏联援华航空队的飞行员，也驾机到了，大家摩拳擦掌，准备给日本鬼子的航空队来个迎头痛击！还别说，几天的工夫，日寇还真是吃亏了！几次战斗下来，日寇损失了五架飞机，中国空军没损失！

可是，到了现在，明眼人都看得出来，南京守不住了！虽然说，南京周边还有不少的部队，但这些都是淞沪战场上撤下来的兵，看番号，好像还是那些精锐部队，但有经验的战斗骨干早都打光了。蒋介石对此早有计划，所以在淞沪战场上陷入被动的时候，他就开始把政府机关撤离到了武汉，连笕桥航校都撤到了昆明。可是如今南京到底还守不守？

蒋介石一时间拿不定主意。可这时候，蒋介石手下大将唐生智力排众议，要坚守南京。蒋介石一看，正好，反正守不住，就交给你了，我也免得担责任。所以这时候，唐生智开始备战，蒋介石接着撤退。

可这时候,空军怎么办?蒋介石一琢磨:这批飞行员和飞机是我手里宝贵的财富,不能损失!但蒋介石已经下令南京备战,也不好意思说让空军全面撤退,所以明着下令:"立即备战,相机撤退。"暗地里却让空军尽快撤离。

第三、第五大队全撤了,第四大队大队长李桂丹不干了:"我们全撤了,南京怎么办?"但是上级有密令。李桂丹思虑再三:上级下令"立即备战,相机撤退",还没要求全军撤退呀!

想来想去,最后李桂丹想出了一个可进可退的办法。

他把手下几员干将全都召集起来:"兄弟们,如今南京城岌岌可危,可是上级密令我们撤退,我身为大队长,不能带头违反上级密令。但咱们身为空军,只要在一天,陆军以及百姓们就多一分安全,有谁愿意留下,为守卫南京搏上一搏?"

大伙一听,群情激奋:"大队长!我留下!"

"我留下!"

"还有我!"

李桂丹一听,说道:"大家的决心很大啊!不过大家可听好了,上级有令,咱们以保存实力为目标,所以,留下的人,归队之后有可能会遭到处罚。而且,日军现在攻陷上海,周边的敌机据说已经增加到了900多架,留下,就意味着不仅要孤军奋战,而且没有后勤支持,一切都得靠自己。要对抗他们全部,几乎是十死无生!大家可想好了!"

这话一出,大伙都傻了,面面相觑,谁也没有说话。突然间,只听一声怒吼:"就是死,我也要留下!"

大家转头一看,正是乐以琴!李桂丹点点头道:"以琴,即使牺牲性命,你也愿意留下?"

乐以琴目眦尽裂:"大队长!老百姓称我为'江南钢盔',如果我不能守护江南大地,我怎么能配得起他们的期待?老百姓赐我这个外号,'空中子龙''江南钢盔',我就要一诺千金!不然还算个人吗?大队长你放心,别说900架飞机,就是日本人来他个9000架,只要我在一天,我就要杀它个七进七出!江南老百姓的头顶上就多一顶钢盔!"

"好!好兄弟!还有没有愿意留下的?"

"也算我一个!"

众人回头一看,是从第五大队借调到第四大队的骁将董明德,当初第四大队远赴兰州接收苏联飞机,高志航带了第五大队的几名精锐飞行员,董明德就是其中之一。

董明德相当不简单,在南京、上海前线两个多月的时间,多次升空跟日军交战,击落敌机5架。他的座机"2506"号也受创迫降了好几次,不过每次董明德都没受伤,战友们都戏称他为"打不死"。

李桂丹一看,董明德也愿意留下,挺高兴:"明德,你也要留下?"

董明德一乐:"当然了!大队长,您看还有比我更合适的人吗?我是第五大队的成员,可我们大队长没通知我撤退呀!您

这是第四大队,我听调不听宣,您也没法指挥我撤退,您看这多好!我不留下谁留下?"

董明德和李桂丹都是筧桥航校第二期学员,而且都是辽宁人。虽然他在第五大队,但跟第四大队有缘。八一四空战当晚,他本来要飞广德机场,因油料用尽,只得在筧桥机场加油住宿,与乐以琴等第四大队战友一起参加了八一五空战,后来又多次与第四大队战友一起作战。而这次到兰州接机,又与第四大队在一起。

"好!你们哥俩是真正的壮士,我李桂丹自愧不如!倒酒!我要敬你们哥俩一杯!"

李桂丹拿过酒来,倒了满满三杯:"以琴、明德,你们两个要多多保重,如果可能,一定要活着回来,咱们空军山穷水尽了,再也经不起损失了!如果回来有什么麻烦,我李桂丹一定帮你们到底!"

"大队长放心!"

"大队长您放心!"

就这样,李桂丹带着队伍走了,临别前,战友们依次走过来,给了他俩一个紧紧的拥抱,再向他们庄重地敬了一个礼。

那一刻,大家都知道,这既是战友情深,更是生死离别!

1937年12月2日,日军开始进逼南京,这时候,留在南京的空军只剩下了乐以琴、董明德两架飞机,而他们面对的是日军900

多架飞机。

冬日的严寒,助长了凄苦的阴影。长江口的恶战,频频向南京吹着腥风。政府官员、普通百姓,有的奉命做撤退的准备,有的打点行装主动逃难。一时间,下关码头人山人海,水泄不通,大呼小叫,人车嘈杂。

空军的眷属也开始回南昌,有的乘船去汉口。几天后,空军的留守单位也纷纷撤离了南京。曾是那么喧闹、欢腾、人笑机鸣的大校场机场如今人走场空。那淡黄色的总站小楼,寂寞如冬日空空的鸟巢。

12月1日,暮色黄昏中,两架苏制伊-16悄悄出现,越过紫金山东峰茅山南麓孙中山的陵寝之地,超低空飞进南京。

这是南京最后两架能升空作战的飞机了。两个人跳出战机,一个是短小精悍的机灵鬼中队长董明德,一个是虎背熊腰的副队长乐以琴。他们来执行侦察任务。两人把飞机隐蔽好,商量了明天行动的安排,就找地方睡觉了。

乐以琴辗转反侧,难以入睡,索性披衣起来,做他那断断续续拖了数月之久的事——写自传。

我姓乐名以琴,四川省芦山县人。生于西历一九一四年十一月二十三日,即民国三年。我的家乡是四川西南部一个很小的县,位于崇山峻岭之中,所以名叫芦山。四季的气候,非常暖和,交通颇不方便,出产也不丰富,但是足以供给本县人民之用。近年来因川

阀内战缘故,农村破产,也影响到我们偏僻的小县里来,税也加重了,苛捐也抬头。我家因为比较起来要余一点,所以我们在这几年之内常吃小亏,我父亲为了要教养他的子女,不能不暂时离开祖上遗产、先人茔墓,而迁成都居住,因此可爱的故乡田园,在一个恐怖的局面下同我们别离了!

当我出生后不久,我祖父就去世了,我父亲名伯英,是清朝的武举人,今年已满六十六岁了。他为人忠厚,正直,曾辞官不作,归家侍亲。寡言笑,喜静肃,继祖业后,持家颇严,每为乡里解众难,主公道,人多敬之。我母亲为人温和,慈善,文学颇好,为邻县大家邱同庆之孙女,年幼随我舅等同在家读书,故学识高深。我家内大小诸事,多为我母亲安排指挥,她不但主持家政,且抚育子女,并担任家庭教育之责。

我家为一大家庭,我父亲弟兄三人并未分家,我二叔还生在,我幺叔已去世。我弟兄姊妹共十七人,男十女七,我是男子当中第六个,故又名老六。

我家经济全仗祖上遗产。我自幼至今,皆在校内读书,故对家事一概不知,我只晓得军阀随时都在刮削我们,压迫我们,使我老父母受的气,吃的亏实在不少,想起来不胜痛恨!

当我在小学念书的时候,我同我五哥一班,我们每天同道去上学,学校是父亲自己办的,而我父母却除了开学那天去一次外,一年之中很难见几次面的。我们在学校里同旁的小孩一样,叫,闹,顽皮,但我们从来没有想到学校是我们办的,而就自恃骄傲。我父

亲一年之内，至少要请全校的同学吃饭，或开聚会数次，同样我们也是被请中的一分子，我们在吃饭快乐的时候，还不知道父亲是主人，我们是客人，因为我父亲不愿意说出，怕使我们在小时候养成依赖父母的心理和骄傲的态度。我们在学校里同旁人打了架后，我们既不敢回家告诉父母，又不敢报告老师，每次我们所吃的苦大，回家不单要受责，而且校内的教师也要骂我们，这样，在小时候，我个人就只有靠自己的力量，才能战胜一切敌人或恶环境。

在小时候，我的一切不见得比旁人出众，但我好斗，所以打架的成绩是大有可观的！

星期日，我喜欢同五哥到城外大铁桥去玩。那铁桥是四川稀有的名桥，用粗大的铁链连成的，悬挂两岸，在中间可以动荡，我们在上面跑，用很小的力气，慢慢的荡，时常使那么伟大的一座桥，动荡得没有一个人敢在上面行走。

后来，我们在一位同学的家里玩，看见他们的哥哥在养鱼养兔子，并且在他们园子里发现了花园内没有见过的鸡冠花，于是我就去同他母亲商量，希望他们能卖尾金鱼给我们，结果，他们在第二天的早上，送给我母亲五只可爱的金鱼。此后，我们又设法把兔子、鸡冠花都繁殖在家里了！

九岁那年的暑假，我们几乎整天都在屋后的树林内捉蝴蝶，我和五哥发起了一个"捉蝶会"。我们去通知邻居的小孩，我们有一个奖赏，谁捉到一个奇异的彩蝶，就赏给谁铜板十枚，因此七弟、八弟常常为了捉蝶的事情，忙得来有时连饭也忘了吃。我们在两个

暑假之内，一共得到五百多种不同的蝴蝶。

我父亲每天都起的很早，所以我们也就起得早。满了十岁的孩子，在我家里，是要做点洒扫工作的，我也曾做过一年多，就到外乡念书去了。我父亲等我们早饭毕后，天天把我们带到客厅里坐下，给我们讲朱柏庐先生的治家格言和历代忠臣孝子的故事，有时，他还讲故乡的情形与家里过去历史给我们听。他讲了好几年，都是这么一套，但我们很爱听，听完了父亲每日讲话后，才去拿书包上学。母亲更使我不会忘记，每当夕阳西下的时候，我爱坐在母亲的膝前听她讲故事，因此，岳飞传，小的时候，就深深印入我脑里。据说我们都是岳爷的后人，因为秦桧那时缉拿岳家后代很厉害，所以祖先才改为姓乐的。这话我当时就明白是母亲故意说出来勉励我们的，不过，我不愿意指穿，引起母亲的不愉快！

离开故乡，升学到距家七十里外的一个雅安县里来念书，那时我才十一岁光景，仍和我的五哥一班，我们很快活，一连五载才完成了高小和初中的学业。

我对念书感到兴趣，就在这一段过程中，我们的教师很能启发我们活泼的天性。我们开始研究课外的学业。我们常常开雄辩会、讨论会、学术演讲会、照相比赛和打猎，等等。而教师们完全站在顾问和裁判的立场指导我们。那时我们还喜欢请宗教家来给我们讲话哩。因为我们的学校是在城外一个小山上，所以我们同山里的农民感情很好。

在快毕业的那年，我被选为学生会中德育部兼体育部部长。我

常常很努力的增进全体同学的德育和体育,所以校长是非常喜欢和满意我的。

当我毕业回家的时候,我的心非常难过,不愿离开学校,但我终于回家了。我时常想念起和同学们一道游玩,快乐,恶作剧,和考书时大家竞争分数的情形,真使我怅然。亲爱的同学们是分别了!因为彼此环境的不同,我和五哥继续升学,而我们大半数的同学,他们却在生活的压迫下失了学了。

"丞相祠堂何处寻?锦官城外柏森森。映阶碧草自春色,隔叶黄鹂空好音。"这是杜工部诗中形容成都武侯祠的几句。我在赴省城升学时的道上,看到这宏大的建筑,不期地忆起了这几句诗来。

我在省城内念完了三年高级中学,我当时立志想进大学去念生物系;希望将来成为一个生物学家,好去研究四川和西藏的各种特异奇怪的生物。可是我五哥,他很愿意当一个医生,所以他现在大学里念医科了。

我大哥、二姐、二哥都是医生。五姐、六姐、五哥又在大学里念医科,我父亲心里是很快乐的,他说:"我愿意我的儿女们都作医生,去社会救济病人。"可是,他对于我的志愿,不十分赞成,他常常对我表示失望的样子。

我在中学时的功课,并不坏。但我对于身体的锻炼很注意,运动很好,可是我不愿意在运动场上出风头。我每次代表学校出席竞赛时,我从未有辱过学校一次。

我曾代表四川省出席全国运动大会。

　　我开始研究生物是在一个暑假中,我同姐姐们在峨眉山上避暑,在森林中或山洞中发现了不少奇异的动物、矿石和植物,我就尽量收集这类材料。当我离山返省时,带了两大箱"生物标本",这些便成为我最感兴趣的研究对象。

　　那时候,我姐姐曾给我介绍一个女朋友,但我不常喜欢同她讲话,因为我并不需要她当助手。

　　白驹一般快的光阴,带去了我童年的欢笑。征尘满面,行色匆匆!我到了济南考入齐鲁大学后,因为人地生疏,于是只有埋头研究,我大半的时间,都浪费在图书馆里的。大哥比我早来济南二年,他是执教于齐鲁大学医科的。记得我到济南的那年,就发生了九一八事变。

　　三岛铁骑,踏遍了我们关外三省!接着敌人攻击的方向,转移到东南一带地区,无情的炮火,毁坏了我们繁华的市场。我们那成千成万的同胞,都葬送在倭奴贪婪的欲望里,伟大而英勇的抗战,虽在历史上留下光荣的一页,但是我们终于屈辱了!

　　河山变色了!民族快沦亡了,敌人的凶焰像潮水般涌来了,我眼见着他这样横行,当时我心里的愤恨有如烈焰,我不愿再死坐在课堂里念死书了,更不忍看同胞无辜被敌人残杀!但又不愿去参加无意义的请愿运动。我沉闷,待机,我决意从军。为了争取民族生存,宁可让我的身和心,永远战斗!战斗!直到最后一息!我爱我的父母,但我更爱我的国家,更热爱我的民族!(民国)二十一年的冬天,"中央航空学校招考第三期飞行生"在报上公布了。那天

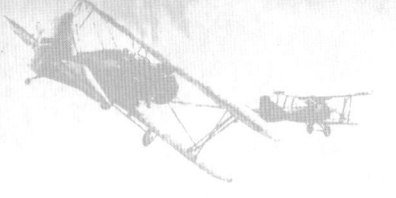

雪下得很大,我正在实验室里作植物学片子,一位同学跑来告诉我这样一个消息!

他在未等我回答之前,他继续的同我说了很多沉痛的话。他气愤他身体不康健,所以特地来告诉我,很希望我去投考,而我当时却不曾回答他一句,他是福建人,在校中他是我唯一要好的朋友,他姓黄。

晚上我静静地独自在寝室里踱着,我思想,我计划。白天那位朋友和我谈话的情形,瞬间展开在我的眼前。

"站在民族斗争的最前线去!"

"为什么?"

"为打倒我们民族的仇敌!为保卫我们民族的生存!只有自己手中的武器,最能抵得住敌人的来袭!"

"那么,我应该怎样去做呢?"

"拿定决心,披着火一般的热忱,抱着钢一般的意志,冲破那旧的迷梦,从我们血和肉所填筑的基础上,复兴我们的民族!"

于是在未睡之前,我下了最大的决心,第二天早上,我去同文理学院院长林济青先生商量,我把我的决心告诉他,终于得到了他的勉励,和允许替我做保证人。同宿舍又遇着两位同级的朋友,他们也预备去投考中央航空学校。

当天晚上,我同我大哥、三哥在车站上分手,我看见我大哥面上的苦笑,知道他心里的难受。但我的三哥,他老是很快乐的在鼓励我,他怕我还有留恋大学生活的心理!

慢慢地火车进入了夜的苍茫中,但在我的面前展开了光明之路。次日中午,我安抵北平,随即去北平大学第三院报名。过了几天,又去投考身体和学科。虽不知道结果如何,心里总希望"一帆风顺"。

二十二年的春天,中央航空学校的信来了,得知已经录取,不胜欢喜。马上乘车南下杭州复试,结果得到了入学证,便奔赴梅东高桥空军入伍生处去报了到。

录取的同学亦渐渐来多了。直到航空署署长亲来点名的时候,我才知道一共是七十五位同学。

我们开始入伍教练,我们的队长石邦藩是"独臂将军",我还记得他给我们训话时那沉痛而英勇的神气,我心里十分佩服他,敬仰他。

六个月的入伍训练,深深地给予我们不少陆军知识,虽然不十分完善,但是使我们精神焕发,我们感到满意和快乐。

入伍期满,升学的消息传来,我们每人心里都感到无限的愉快。

九月一号的早上,学校118号大汽车把我们从梅东高桥搬到校部来。我们在指定地点呆立着,不敢越出一步,恐怕受了长官的斥责。下午六时,军乐洋溢中,国旗慢慢从旗杆上放下来,我们大家都立正,使我感到肃穆和庄重,因为从前,我们都不知道这种礼节,从前连看都没有看见过!

最使我忘不了的是四号那天,太阳刚从地下升起,血红的光

彩,洒满了飞行机场的上空。我们都站在棚厂面前听候美国飞行顾问先生的分配,我被分在第十组,我的教官就是现在的驱逐队队长高志航。

当我第一次上飞机去坐下,心中真有说不出来的快乐,想起六个月的入伍生活,豆一般大的汗水从头上流到背心,从背心浸透了军服,炽热的太阳照在身上,地面的灰土,又不停地飞扬,但终于达到了今天的志愿,我不禁脸上浮出了微笑,预备去感受空中的滋味,到底是怎样的。

飞机愈飞愈高,我坐在教官后面,东张西望的乱看,把刚才心中幻想都忘掉了。我看见西湖小得来只像一个鱼池,钱塘江也不过如一条白布带,一切都使我感觉惊异和新奇。

在我刚飞 SoLo(编者注:指飞行员在飞行训练中独立完成飞行任务)的那天,曾经使教官发过一阵怒,因为教官心里很想我马上就"单独"。

我被分派在甘德顾问那一组。经过各级飞行,截至现时止,共飞了一百五十多钟点。

我还没有发生过大危险的事,只在中级时,有一次起机不慎,被罚过向"T"字布立正五分钟,此外在高级时有一次飞出了教官指定范围,罚过一天禁足,以后就没有再犯法了。

军事学校,绝不如普通学校那么随便,我们在讲堂上的规矩,确是很好,精神也很满足。因为学校教育计划规定不发书籍,所以一切课目,都由我们自己用笔记下来,单靠脑子记是不成功的。

最使我感到不很美满的,就是我们学术科系不一致。例如:我们飞行尚在×级时,而我们的学科,就有教到×级的了。也许教官并不感到学生的苦处,更是不明白学生是不是高兴在听。当我们飞行到了×级时,而我们的学科早已结束,其次的一个困难问题,就是工厂里的实习工作,我们每次都是分组去研究的,大概算来都实习完了。我对于兵器实习特感兴趣,很使我惊异的,就是人类的生命怎样都在它的掌握之下呢?

到校部来,又是一年,毕业的日子快到,而我们的生活依然是机械化的,军事化的,纪律化的,没有多大的变更。

我们从早到晚,一点也没有空过,连理发都得不到一点时间。上午飞行,下午上课,晚间自习,真够受,要是身体不健全一定吃不了的。

星期六我们感到兴趣的就是整理内务比赛。我们大家努力整理,承蒙校长或队长给予好评。

星期日是轮班放假的,轮到了我放假时,我爱和二三同学去爬山或在西湖划船;要是轮不到放假,我就在校里看书或写信,或和同学们谈谈天。

我的个性,我自己却说不出来,但经朋友弟兄父母和同学等的批评,得到以下几点:

1. 我对于观察事情的决断,是迅速的;故从见识方面,我的决断常比旁人要快,因此,就显得我个性很强;所以有人这样批评我。

2. 我平时的行动，言语，从小的地方，确可看出我的个性强。

3. 我待人交友颇重礼数，故有时又觉得谦让温和。总之我的个性有时强势，有时温柔，但绝对没有傲慢的地方。

4. 我因幼时家庭教育颇严，故至今不染恶习，对运动则极生乐趣。

…………

乐以琴写不下去了，他看了看时间，此时已是凌晨两点钟。他长叹一声："这既是我的自述，也是我的遗嘱吧。"

星疏月冷，乐以琴托着斗大的方头，不知今后何以慰藉父母双亲和这破碎的祖国。乐以琴衣服也没有脱，倒在床上，和衣而卧。

12月2日拂晓，冷月还挂在西天，董明德、乐以琴两人已经披挂齐全，没有饭吃，也没有地方洗脸，他们就跳进了飞机。可这时乐以琴的伊–16出了毛病，捣鼓半天就是发动不起来，气得他一边乱吼一边拍打着飞机。

人在机器面前有时候就是这么无奈，他只好看着董明德独自升空而去。

八一五空战那天，董明德还在第五大队，他先于第四大队起飞并击落2架日机，人们称他是"90斤的体重，100斤的胆"。今天，董明德不问情报，不管天上有无敌机，离地便飞往宜兴。

自上海沦陷后,地面情报非常混乱,为了军队和民众的撤离,他必须飞到日军头顶上,看个真切。

在向西行的路上是逃难的人流,男女老幼,拖家带口,乘牛车的,推手车的,挑担的,背包袱的,步行的……董明德贴近大茅山低飞,尽量让人们看见机身上的蓝色机徽。他怕地上的人流误以为是敌机而恐慌,他想让同胞们看到自己的飞机还在伴随着他们而得到些安慰。

公路上开始出现一段空白,董明德意识到敌人不远了,于是爬高,钻进云中。向下看去,他发现一条黄色的大蚯蚓,正在向西蠕动。队伍见头不见尾,有步兵、骑兵,有大炮,有军车,还有小型铁甲车。他们嚣张跋扈,不紧不慢,如入无人之境。

他一推机头,冲出云层,像是逛风景的日军,日军开始还以为是自己的飞机,竟有人晃动小军旗,向他致意。

哒哒……哒哒哒……哒哒哒哒……

快速航空机枪顺着公路向东喷出火舌,一直扫到队尾,只见人仰车翻,马嘶人号,乱作一团。

打光了所有的子弹,董明德才飞回南京。落地后他把情报电告上级,又领受了新的任务。

晚上,董明德对闷闷不乐的乐以琴说:"明天咱们一起去,我攻击你掩护,你攻击我掩护。今天消灭了鬼子一个搜索大队,明天两架飞机,准可以消灭他一个联队!"

乐以琴却摇头:"队长,明天的任务归我,机械士说我那飞

机一下子修不好。"

不等董明德开口说话,他就笑着说:"谢谢!谢谢队长啦!"

12月3日一大早,防空警报就响起来了。日军集中主力分三路杀向南京,又出动30多架歼击机轮番轰炸南京。面对日本空军在中国蓝天上狂轰滥炸,乐以琴义愤填膺,他边跑边吼叫着:"只要我还有一口气,就不能让鬼子如此嚣张!"

杀敌心切的他抢先钻进了董明德的战机,大笑道:"龟儿子们昨天吃了亏,今天找上门啦!"他毅然决然地升入高空,截击敌机。

偌大的南京上空,此时只有一只孤鹰在啸击,尽管它就像一只走进狼群的羊羔,它依然孤傲而又勇猛地向来犯的敌机扑了过去。

这是一场何其悲壮的搏杀,因为搏杀还没有开始,天平已经倾斜,胜负已无悬念。

虽千万人,吾往矣!

乐以琴这只孤鹰毫不示弱,纵然是孤军奋战,依然要杀出中国人抵御外侮的血性,依然要杀出中国空军毫不畏死的勇气!

鹰击长空,气贯长虹!

乐以琴驾驶战机呼啸着冲上天空,刚改平飞就与敌机交上手。他先是一机对三机,接着从云中又蹿出6架日机,把他团团围住。乐以琴见此状,兴奋得乱叫狂吼。他翻上覆下,声东击西,左右翻滚,灵活自如。在南京武定门和栖霞山上空,人们看

见刘粹刚以英麦曼"8"字形特技击落日机的场景在南京上空重现,乐以琴也以同样漂亮的动作,甩开众敌包围,造成日机相撞互伤的局面。恼怒的日机更加疯狂地攻击他,只见他左滚右翻,前飞倒转,忽上忽下,连蹦带跳,弄得日机一次次扑空。正在兴头上,突然油箱警告灯亮了,他对准一架敌机扑过去,扣动扳机,几乎是在同时,轰的一声,他的油箱也被从高空冲下来的敌机击中。

油箱起火,战机折翼,伊-16燃起大火,冒着滚滚浓烟,孤鹰开始坠落……

乐以琴本想撞向敌机同归于尽,可战机已失去控制,在迫不得已的紧急情况之下,他决定跳伞离开心爱的战机。

他想起9月的那次经历。他奉命飞往浦东,在炮兵阵地上空与敌机鏖战,他击落2架日机后,"2204"号不幸被击中,在4000米高空,他跳出飞机,张开降落伞。野蛮凶残的敌人不顾国际公法,向失去战斗力飘荡在空中的乐以琴扫射。有了那次教训,他打算离机后暂不开伞,直线下落,等降落一定距离后再开伞。

在那寥廓的天穹与大地之间,乐以琴如同一块陨石,飞落而下。

可是,可是,不知什么原因,伞却一直没有打开。乐以琴这颗巨星也陨落了,他直扑祖国苍茫大地,就像孩儿扑向母亲的怀抱……

与乐以琴同期的学员王倬的回忆文章,记录了乐以琴此前的那次跳伞。

在一次浦东张发奎指挥的炮兵阵地上空,我机四架与敌机六架遭遇。经过几分钟的战斗,性能、速度、数量上,我们是劣势,乐以琴的座机已被击坏,失去操纵能力,那时高度四千多公尺,他跳出了飞机,用降落伞徐徐下降时,敌人不顾国际公法,向失去战斗能力、在降落伞上飘荡的乐以琴,用机枪扫射,乐以琴急中生智,立即将伞缩小,增加下降速度,但敌人始终不肯放松,不断地向他射击,可惜敌人射击技术较差,未曾击中,乐以琴安降地面后,甩开降落伞,及时躲入乡下的竹林中。

当时民众对空军是敬爱的,他们热情领路,把他送过了黄浦江,到达苏州,由当时一位五省电话局长王君侠急电南京,安排火车票,送回基地。

董明德听到这个消息,如同晴天霹雳。

虽然这一天,他早已料到,但没有想到如此突然。

已是黄昏时分,在机场的枯草地上,董明德独坐对天,难过得一句话也不说。

他一动不动,就像是一尊雕像,任谁劝,他也不动。直到机械士向他报告,乐以琴的战机修好了,他才从痛苦中回过神来,马上说:"不要试机,发动机一响就等于通知汉奸,我们又有飞

机了。我们吃汉奸的亏还少吗？高大队长在周家口遇害就是因为汉奸出卖，才引来日本轰炸机的。明早，一试机我就起飞，汉奸想报告也来不及了。"

12月4日，东方渐白，董明德驾驶着亲密战友乐以琴的战机，这也是中国空军在江南大地上唯一的一架作战飞机了。

他一路向东南，低空搜索，发现日军的一支快速纵队在向宣城方向挺进。他马上意识到日军一到宣城，就会形成对南京的合围之势，南京将后退无路，撤退中的军民将被日军吞食。他惊出一头冷汗，急忙掉头飞回了南京。他跳出座舱，一边命令机械士给飞机加油，一边跑回总站小楼，抓起电话向上级报告了情况，然后又急速跑回飞机，升空而去，飞向宣城。

日军的行军速度很快，宣城危在旦夕。

董明德猛推机头，向公路的隘道冲下去，机翼几乎撞到鬼子兵的刺刀上，他才猛按下枪炮的射击按钮，机枪扫过，就像是割草机经过，顿时倒下了一片黄绿色的尸体。飞机飞得很快，眨眼间，他已从头扫到尾。

董明德看着还有惊恐不安的日本鬼子站在地上，他掉转机头对着混乱的日军队伍又是一通狂射，直到把所有的枪弹打光。飞机过后，拖出一条血红的瀑布。

董明德的这次意外攻击，造成日军一个联队主攻力量的土崩瓦解，延迟了5天侵占宣城的时间，营救了数以万计的逃难百姓和数百辆撤退的汽车。

董明德在空中长长舒了一口气:"以琴兄弟,我为你报仇了!"

他依依不舍驾驶着乐以琴的战机向西飞去,一直向西,向西,追随他的战友飞向南昌。

至此,空前激烈的华东大空战落下了帷幕。

在笕桥航校学习时,乐以琴曾发出铿锵誓言:

  西子湖之神诸鉴,我决以鲜血洒出一道长城,放在祖国江南的天野!

一代天骄乐以琴静静地躺在栖霞山上,他洒下的鲜血,染红了栖霞山的片片枫叶。

乐以琴就这样离开了他深爱的祖国和亲人,实践了他在西子湖畔发出的铮铮誓言。

乐以琴牺牲后的第10天,南京沦陷。

攻入南京城的日军开始了灭绝人性的南京大屠杀,我30万军民尸横遍野,血流成河。

神州陆沉,百姓涂炭。中国的空军和人民一起在流血!

雄鹰远去,浩气长存。

全面抗战时期,在苏联、美国等盟国的助力下,中国空军官兵英勇作战,予敌以重大杀伤,从1932年2月5日到1945年

8月14日日本无条件投降的13年时间内,中国空军共出动飞机1128批,8847架次,击落敌机529架,炸毁敌机277架,为抗日战争的胜利做出了重要贡献。

附一：

王倬给胡冶钧的回信

冶钧同志：

顷接 6 月 12 日来函，要了解乐以琴同学的事迹。现将我知道的略述于下：

1. 乐以琴在 1932 年秋，考取杭州笕桥中央航空学校第三期飞行科。1933 年初，在杭州梅东高桥（原陆军老营房）入伍生队进行陆军训练，为时六个月，队长是在"一·二八"抗日空战受伤且断了一臂的石邦藩。作为我们的楷模，经过初、中、高三个阶段的飞行训练，于 1934 年底毕业。在初级飞行时，他的教官是抗日战争中的空军英雄高志航。"8·14"抗战时，也是他的大队长，高级飞行时，他是学驱逐的高才生。

2. 1935 年初毕业后，即在驱逐队见习，半年后为正式队员。1936 年在南昌扩编队伍时，他任空军第四大队第二十二中队少尉分队长。

3. 他的战绩：（有的时间已记不得），在 1937 年"8·14"以前，他们四大队在河南周家口驻防。那天，奉命调防杭州笕桥机场，到机场，还没有来得及加油，就有大批敌机来犯的警报，他跟随大队长高志航首开纪录（那时我在五大队二十四中队任分队长，驻扬州）。乐以琴和他的僚机梁添成（印尼华侨，六期毕业生）一起钻进了火力强大的敌轰炸机编队群，他抱负已久的杀敌心情，不管有多大的火力网，就冲进去，一排子弹就把一架敌机揍了下来。（以后在南京见面时，他告诉我说："他

妈的,我把它打下一架后,怒火未息,我摸摸自己脑袋还在,身上也没有出血,反正自己已经够本了,于是向第二架、第三架不断追击,直打到第四架往下掉的时候,可惜我二挺机枪里的子弹已用完,汽油因由广德飞到杭州也用完了,只好降落地面,我的僚机也干下一架。"）

当时各报登载了《高志航首建奇功,乐以琴一口气击落敌机四架》的新闻,这是我国空军作战史上的最光荣的一页。画家叶浅予特地画了一幅"四勇士"的画像,这张画像突出大队长高志航及乐以琴及其余二位（他的中队长黄光汉和二十三中队队长毛运初）,除各报转载外,还送到莫斯科展览,使这几位英雄形象,传遍到国外,给中国人争了光,使敌人寒了胆。

4. 不久,为了集中兵力,我们四、五两个大队都由各驻地调往南京。我记得八月下旬,敌人在上海失利,敌首向他们国内求援增兵,调了好几个师团在吴淞口、张家浜、蕴藻浜一带登陆。我们轮番出动去轰炸扫射,使立脚未稳的敌人来不及逃跑,在数十架次的轰扫下,敌人人仰马翻,血肉横飞,比看电影精彩得多。倒下去的侵略者,数以千计。这个战绩中,乐以琴是出了大力的,在此期间,他又击落敌机两架。以后的任务是经常有的,那时我们住在中山陵图书馆丛林隐蔽中,航委会的秘书长宋美龄差不多晚上经常来谈天,了解战情,好回去向她丈夫汇报。这位名闻中外的英雄人物乐以琴当然也是谈天的对象,加以鼓励更表钦佩之意。

5. 在一次浦东张发奎指挥的炮兵阵地上空,我机四架与敌机六架遭遇。经过几分钟的战斗,性能、速度、数量上,我们是劣势,乐以琴的

座机已被击坏，失去操纵能力，那时高度四千多公尺，他跳出了飞机，用降落伞徐徐下降时，敌人不顾国际公法，向失去战斗能力、在降落伞上飘荡的乐以琴，用机枪扫射，乐以琴急中生智，立即将伞缩小，增加下降速度，但敌人始终不肯放松，不断地向他射击，可惜敌人射击技术较差，未曾击中，乐以琴安降地面后，甩开降落伞，及时躲入乡下的竹林中。当时民众对空军是敬爱的，他们热情领路，把他送过了黄浦江，到达苏州，由当时一位五省电话局长王君侠急电南京，一方面安排火车票，送回基地。从此，他的战斗意志更增强了。对敌人的野蛮更痛恨，但相反的是，我们对敌人却很仁厚宽大。我记得是九月七日，我们同班同学吕基淳在太湖上空与敌机空战中，屁股上被敌弹射进一粒子弹到膝盖处，足有一尺三寸深，尚未取出，动手术时，他站立着，吸着烟，请医生取弹头，医生给他打麻药，他说："关云长刮骨疗毒还要别人陪他下棋，我比关公强，就这样开刀吧。"乐以琴听了以后，第二天，我俩是休息班，一同去探望这位同班同学吕基淳，走到中央医院病房里，各界送来的花篮，把房间堆满后，放不下了，只好放在走廊上、扶梯旁……慰劳的青年男女，把巧克力糖剥好送到嘴边。糕点、花旗橘，房间里放不下了，事后我们俩拿了一部分吃不完的慰劳品，去看看不久前被乐以琴打下的受伤俘虏冈本纯一。我们俩一进俘虏的病房，他们是和我们的伤员同样待遇，非常优待。看到我们是飞行人员的服装，敌俘很害怕，因言语不通，光看见我们拿了不少吃的东西给他们。乐以琴拿起笔写了几行中国字："昨天在天空，我们各自为国家，是敌人，今天我们是朋友，知道你一条腿受了伤，特送些吃的给你，不要害怕。"敌俘很感动，也写了四个字

"非常尊重"。

6. 在南京快失守前夕，大约是1937年10月（详细日期已忘），敌方三十多架九六式战斗机来犯。那时我们能上天作战的飞机，东拼西凑也不到二十架，而且机种不一样，那天乐以琴是驾驶一架（不是2204号，他自己的飞机早已损坏）水凉式意大利战斗机"菲亚特"。我们的飞机，在数量上、速度上、性能上均不如敌人，在南京上空发生了一场悲壮的空战，因为在空中逃走，在中国空军战斗员里是找不到的，最后拼个同归于尽。但当时，乐以琴的飞机，水箱和油箱均已中弹冒出浓烟，他不得已，跳出了心爱的座机，他的降落伞成一条直线尚未张开时，他的身体已触地面，就这样牺牲了，英勇而宝贵的一生，和祖国永别了。使我们大多数战友流下了沉痛的泪水，事后我们研究，跳伞时高度在三千米以上，降落伞是完好而无一点毛病的，一定是他想起了上次在浦东一战中，张伞太早曾吃过敌人野蛮扫射的教训，他想迟点张伞，可以避免些不必要的灾难，岂知一个人在空中降落，速度多么快呀！他就这样离开了亲爱的祖国，他是做到了以身报国的心愿的。他的这种精神，值得我们和下一代学习。直到现在，高志航和乐以琴这响亮的一对师生的英名，是永远活在人间的。

至于他的照片，原来我们同班同组是有的，但经过"文化大革命"的浩劫，一无所存。1983年1月8日，《团结报》登刊吴鼎臣所写的文章中，有乐以琴照片，可写信给北京东皇城根南街84号徐宝骏先生洽商。

据我所知，乐以琴之名不是他的原名，是他四哥之名，他这个四哥

后来也进了空军第八期,名乐以纯。听说吴鼎臣正在设法寻找在美国的乐以纯,我想,他们弟兄知道大家都在悼念他一定也很高兴,生的与亡的,两地相隔,不知何日能在墓前献上一束鲜花。我想在美国的乐以纯,一定也在盼望祖国的早日统一吧。我所知者如上述,字迹潦草,祈原谅。

  即祝

撰安

倬 1984 年 6 月 20 日于上海

附二：

吴鼎臣给胡冶钧的回信

胡冶钧同志：

来信收悉，关于乐以琴的情况，尽我所知答复如下：

1. 乐以琴是航校三期毕业，他较我早两期，他入航校及毕业的具体日期，我不很清楚。

2. 航校的全衔是"中央航空学校"，抗战后迁昆明，改名"空军军官学校"，抗战胜利后又迁回杭州笕桥原址，1949年迁去台湾。

3. 乐以琴在空军中任分队长（三架飞机为一个分队），属第四大队（大队长高志航）的二十二中队。

4. 他牺牲的地点、时间，我都不太清楚，因其时我大队部分人员接收了苏联飞机之后，在湖北樊城作短期训练，他和高志航、刘粹刚等人，不和我们在一起，他牺牲的时间不是1937年底，就是1938年初，地点在南京上海一带。

5. 2204号飞机是美国寇蒂斯（Curtis）厂出品，名为HAWK Ⅲ（鹰式巨型）双翼单座战斗机。"22"意思是二十二中队，"04"是第4架（一中队共9架，大队共27架）。

6. 是否也失利过。抗战初期，我空军占绝对优势，战果辉煌，但敌人不甘心失败。九月十九日，他们九六式战斗机初次来袭，我方就吃了大亏。胜败乃兵家常事。

7. 乐以琴确系空战中牺牲,其他一切传说都不对。

以上我不甚清楚的问题,已附笔于我信中寄去退休住美的老朋友,请他们协助解决。乐以琴还有个弟弟乐以纯,航校八期毕业,我将设法将你们的原信,转到他手中。

国内尚有乐以琴的老战友住址如下:

1. 王倬,和乐以琴是同班同学。

2. 王玉琨,航校四期,老四大队战斗员。

3. 龚业悌,航校六期毕业。

4. 赵世琦,我的同班同学。

以上各人皆是他的老战友,请你们直接与他们联系。

听说现在国家要出一本《空军抗战专辑》,王倬在上海专门收集这类资料,武汉政协文史办公室也在来信向我们要稿件。如果收到乐以纯直接寄给你们的什么资料,务请告诉我们。

此致
敬礼

吴鼎臣

一九八四年六月七日于武汉

附三：

王玉琨给胡冶钧的回信

胡冶钧同志：

"9·16"函奉悉。

乐以琴和我有很长一段时间都同在一个大队。他是22中队的分队长，我是23中队的分队长。1937年9月下旬，又一同去兰州接收苏联援华的N-26驱逐机。但在南京作战中，我们不是一批的，我是十一月二十八日飞南京的，在我去以前，乐以琴已经早在南京了。当时南京局面很混乱，大小机关已纷纷后撤，南京机场已经封闭，人员器材正在撤退，机场上满是弹坑，人心惶惶，亲友已记不起来了。但有一点可以肯定，他绝不是受伤住院，确是阵亡，因其时南京已没有一家医院了。

南京紫金山北麓的航空烈士公墓，确有乐以琴的墓碑，这是抗战胜利后修的，我于1948年3月29日去南京参加扫墓时看见的。数以百计的烈士墓碑，多数都是我们的同学，也有国际援华的空军烈士墓。据我所知，许多墓中都没有本人的骸骨，如高志航、吕其淳等。遗憾的是，"文革"期间，那里遭到彻底破坏，灵堂、墓碑荡然无存，今年中央批准修复公墓，闻第一期工程业已完工。北京航空联谊会已分批给有关单位提供烈士们生平历史情况，其中也有乐以琴。

此复
敬礼

王玉琨
1985年10月16日（北京）

附四：

孙瑜给芦山县志编纂委员会的回信

芦山县志编纂委员会：

接三月十六日来函，关于乐以琴空军烈士的情况，特复如下：

1939年我在重庆"中央电影摄影场"编导了抗日战争片《长空万里》，1941年完成后，在重庆公映，以后即在国内公映。1949年，"中央摄影场"全部迁去台湾，《长空万里》影片亦被带走。

我编写《长空万里》电影剧本，是参考1937年上海出版的空军杂志所发表的中国空军抗日卫国战争的报告文章，在1939年起笔编写的剧本主题是歌颂中国空军在抗战初期英勇卫国的辉煌战绩，激励国人的抗战热情，是一部"故事片"（不是新闻纪录片），演员有金焰、魏鹤龄、高占非、白杨、顾而已、施超、李玮等。

电影里介绍了三位历史人物：空军烈士乐以琴、沈崇诲、阎海文。乐以琴是著名演员魏鹤龄扮演的，魏的精湛演技，令人佩服地表达了乐以琴这一四川青年学员，在杭州笕桥航空学校的勤学苦练的奋斗精神和乐以琴在卫国空战中和敌机群英勇拼搏的英雄气概。

乐以琴烈士淳朴正直的性格，急公好义，乐于助人，充满爱国主义的高度忠诚，在电影里得到充分的刻画，激励了广大的观众。

谨复

敬礼

孙 瑜

一九八五年三月二十九日 上海

附五：乐以成、乐以钧的纪念文章

气壮山河的空军英雄乐以琴

乐以成　乐以钧

抗日战争初期，我们的胞弟乐以琴，任中国空军第四大队二十二中队的分队长，担任保卫我华东地区领空的任务。建立不久的中国空军与强大的日本空军相比，战斗力实属悬殊。虽敌强我弱，但我四大队空军健儿们，发扬了高度的爱国主义精神，面对日寇，毫无惧色，勇敢顽强，屡挫凶锋。以琴每次出战，勇往直前，义无反顾，为国家民族立下了不小功勋，最后以身殉国。

兹值抗战胜利四十周年之际，缅怀往事，撰写成文，致以无限哀思。

一、目击时艰，投笔从戎

乐以琴，四川芦山县人，一九一四年十一月十一日生，兄弟姐妹共十人，以成居二，以钧居四，以琴排行第六。我们父亲是虔诚的基督徒，性情刚正不阿，治家严谨。经常对子女讲解朱柏庐治家格言，历代名人嘉言懿行，故乡风土掌故，教育子女懂得爱国爱乡和做人的道理。并规定子女年满十岁，就要帮助家事，做些洒扫的工作。以琴自幼在家庭教育的熏陶下，养成勤劳好动的习惯，并具有刚毅不屈富有正义的气质。

以琴于一九二六年在雅安小学毕业，后考入雅安张家山明德中学读书，一九二九年毕业继到成都就读华西协合高级中学，一九三一年毕

业。他学习刻苦勤奋，品德良好，说起话来，心直口快，做起事来，认真负责，颇得师长和同学们的称赞。他头脑灵敏，酷爱运动，锻炼得魁梧结实。在学校主办的运动会上，常夺短跑冠军，成为校中有名的运动员，同时也是四川全省的200米、400米、800米、1600米田径接力赛和排球选手。

一九三一年，乐以琴被选为出席全国运动会的四川田径选手代表。是年秋，震惊中外的九一八事变发生，国难严重。时值以琴赴南京参加全运会，途经重庆，接到全运会停开的通知，命令选手们各自返回原地。这一消息，破灭了他想在全运会上夺魁的夙愿，雄心壮志，无从施展。失望之余，他乘舟东下，准备在上海报考大学，继续深造。

当时以钧在上海同以琴弟见面后，除加以慰勉外，并安排他每天到江湾路虹口公园继续锻炼身体和复习功课。那时抗日救亡运动在全国迅猛开展。上海市爱国青年和人民群众，不断举行集会、游行，要求国民党政府出兵，收复失地，还我河山。九月二十四日有三万多码头工人大罢工，拒绝装卸日货。紧接着，上海大中学生组织了赴京请愿抗日队伍，这使以琴受到深刻的爱国主义教育，他不禁热血沸腾，毅然投身于抗日救国斗争的行列，同赴南京请愿。他们到了南京，又联合学生三万多人，举行声势浩大的抗日示威。由于当时蒋介石政府采取妥协政策，学生们的请愿示威未曾收到应有的效果。因此以琴返回上海，终日忧郁寡欢，深感国耻不雪，何以家为，恨不得奔赴前线，凭血肉之躯，与日本侵略者拼个你死我活！

这时乐以壎大哥在山东济南齐鲁大学任教，他关心以琴的学业前途，函电频催速到济南。以琴正感到报国无门，只得去济南考入齐大理学院读书。不久，中央航空学校在北平秘密招生，他顿兴从军报国之念。立

即前往报考，竟被录取。乃决心离开齐大投笔从戎，弃文就武。准备将来跨上铁鹰，打击敌人，以遂报效国家民族一腔宏愿。

二、勤学苦练，以身许国

一九三二年冬，以琴去到杭州笕桥中央航空学校第三期飞行学习，先在高桥接受入伍训练六个月，继经过初、中、高三个阶段的飞行训练。在校受训期间，他时刻不忘九一八、一·二八的国耻深仇，对日本帝国主义的侵略暴行无比愤慨。曾豪壮地立下誓言："西子湖之神诸鉴：我决以鲜血洒出一道长城，放在祖国江南的天野！"

以琴感到自己将来要肩负起保卫祖国领空的重任。在学习中从不苟且。对飞行动作，反复演练，力求准确。并认真接受从法国学习航空专业归来的高志航教官的谆谆教诲。一心在战略战术上痛下功夫，努力掌握对敌空战中的过硬本领。因而进步很快，操作技能娴熟而敏捷，成为学驱逐的高才生，为航校老师同学所叹服。

他痛恨日寇，忧祖国之安危，常在飞行实战学习中想象正与日寇对战，予以痛击。他每天总是和同学们一起，引吭高唱雄壮的战歌，抒发自己的愤懑情怀。

一九三五年，以琴航校毕业后，回四川省亲，除对家人表明当上空军的雄心壮志外，向父母各送一件狐皮裘衣，又赠给以成（即韵樵）和二姐夫谢锡璜一套他在江西景德镇定制的六十件中餐具的礼品（现其中大部分已赠给中国人民革命军事博物馆。留下三件已赠给家乡芦山县博物馆）。以琴最后向父母话别时说："两位老人家身边有这么多儿女很福气，虽然我从军在外，远离膝下，但有兄弟姊妹们服侍双老，我满放心。至于我个人，份属军人，一定会为祖国争光，为我们乐家争气的。请二老不要多加挂念。"父亲很理解儿心,点头慰勉说:"要胆大心细,放心去吧,好好干一番事业。"这些声音,至今还激动着我们兄弟姊妹的心。

一九三六年在南昌扩编空军时,以琴编入空军第四大队(大队长高志航)二十二中队任分队长。(大队27架,中队9架,分队3架。)他的座机号码是"2204"("22"是第二十二中队,"04"是第4架),系美国 Curtis 厂出品,名叫霍克-3(HAWK Ⅲ)鹰式双翼单座战斗机。尔后,"2204"号就和乐以琴的名字联系在一起,打击敌人,屡建殊功。

三、首战告捷,扬我国威

一九三七年七七事变后,第二次国共合作,展开了全民族的神圣抗战。日寇一面调来大批陆海军部队,从沿海登陆进犯;一面调来空军"木更津"和"鹿屋"两个航空联队助战。这两个联队均为全金属的九六式轻重轰炸机。以济州岛及台北为根据地,伺机轰炸南京、南昌、杭州和江苏各地。

八月十四日,敌机出动七十一架,其中木更津九六式重轰炸机十余架,偷袭杭州笕桥、广德机场。就在这一天,以琴奉命由河南周家口调防笕桥,参加东线保卫战。原打算在广德机场加油,当飞抵广德上空时,眼见广德机场已遭敌机轰炸。以琴目睹机场一片火海,愤怒不已,摩拳擦掌,决心报仇雪恨,向敌人讨还血债。

八月十五日,日寇木更津联队出动六十余架轰炸机,向我空军各基地进袭,其中就有三十四架袭击我杭州笕桥机场。我第四大队大队长高志航立即命令我机升空迎战。分队长乐以琴驾2204号机做前锋,由三千多米高空钻出云端,一马当先,以雷霆万钧之势冲入敌阵,展开了中日空中大较量的一场恶战。以琴驾驶的战斗机无比灵活,上下左右翻飞,

他机上的机枪,弹不虚发,一发必中,敌机应声冒烟栽了一架。高大队长击落敌机一架。僚机梁添成也"开了荤",击落敌机一架。以琴还不够兴,机枪一响又击中一架,打得敌机机翼上的红膏药(即日本国旗)四分五裂,爆炸坠落了。以琴越战越勇,对其余敌机紧追不舍,追到曹娥江中,一架敌机坠落山腰被撞得粉碎。其余敌机纷纷狼狈窜逃。事后,以琴向航校三期同学王倬追述当时首次空战经过,豪壮地说:"他妈的,我把它打下一架后,怒火未息,我摸摸自己脑袋还在,身上也没有出血,反正自己已经够本了,于是向第二架、第三架不断追去开火,直打到第四架往下掉的时候,可惜我两挺机枪里的子弹已用完,汽油也用完了,只好放它们逃生。"

在这次空战中,我空军第四大队共击落敌机六架,以琴个人记录即有四架,我机无一损失,获得全胜。这是中国自建立空军以来最大的奇功,在中国空军作战史上写下了光辉的第一页。当时全国各大报、各通讯社发出了号外,报道《高志航首建奇功,乐以琴一口气击落敌机四架》,这一举国瞩目的惊人新闻。以琴驾驶的"2204"号战斗机也成了所向无敌的雄鹰而载入史册。

四、纵横东线,敌寇胆寒

从八月十五日起,以高志航为首的空军四大队机群,向日寇停泊在长江口外及杭州湾的两艘航空母舰"加贺"号、"龙骧"号和第三舰队的兵舰进行袭击,并对上海敌占区军需仓库进行轰炸,配合我军地面部队狠狠打击侵略者,使敌人慌了手足,穷于应付。

八月二十一日敌军增援部队,又在吴淞口、张家浜一带登陆。当以琴奉命率队前往阻击时,正值敌增援部队疯狂地攻击我地面部队,又从

"龙骧""加贺"两艘航空母舰调来十多架八九式舰载攻击机，在天空向我地面疯狂扫射。以琴见状，怒不可遏，即率领机队以迅雷不及掩耳之势俯冲向敌机猛烈开火，连续击落两架，其中一架坠落朱家宅。另一架着火冒着浓烟拖着尾巴栽入了江中，并炸死敌登陆部队千余人，又立下一次赫赫战功。这时敌人才知道"2204"机的厉害，不敢轻视中国空军了。嗣后敌机有所收敛，不敢白日前来轰炸，如果没有足够的战斗机群掩护，不再犯险，轻举妄动。

以后有一次，以琴又奉命飞往浦东，在张发奎炮兵阵地上空与敌鏖战。由于众寡悬殊，孤掌难鸣，他的座机不幸被敌机炮弹击中，失去操纵能力，他在四千多公尺高空，跳出飞机，张开降落伞徐徐下降。敌人竟不顾国际公法，向失去战斗力飘荡在空中的乐以琴用机枪扫射，危险万状。幸未被敌人击中，以琴安全着陆。当地民众敬佩空军的神勇，把以琴送过黄浦江，又由五省电话局长王君使安排火车，送回基地归队。此后，以琴才认识到在跳伞训练上，还须大力改进，不能再疏忽大意了。

乐以琴自参加空战以来，屡建奇功，他顽强勇猛，未逢敌手，被誉为"江南大地之钢盔"。他的"2204"号座机，给敌机战斗员心理上莫大的威胁，敌机只要看到"2204"在空中出现就像老鼠见到猫吓掉了魂一样，乖乖地等着挨打。当时空军第四大队纵横在东线上空，人人奋勇杀敌。七天之内击落敌机竟达六十架。以琴的个人纪录达八架，创造了奇迹般的战绩。

日本侵略军的航空精锐木更津和鹿屋两个联队，拥有一百二三十架各式的轰炸机，火力配备甚强。不想在东线战场上才一个星期，竟被中国空军第四大队消灭过半；驻台北海军联队长、海军航空大佐石井义，自愧剖腹自杀。

当时中国空军出色的人物除乐以琴外，还有高志航、刘粹刚、李桂

丹。这四位抗日英雄,被誉为中国空军中的"四大天王"。他们的英勇行为,受到全国人民的尊敬。当时著名画家叶浅予先生,曾为他们作画并举办展览,并寄往苏联展览。后来以钧在以琴遗物中发现以琴和叶浅予在画像前合照的一张相片,因不了解其来龙去脉,曾于一九八三年写信给中央美术学院叶浅予老师请教。叶老复信说:"一九三七年抗日战争(全面)爆发,我组织了一个漫画宣传队在南京活动,曾在新街口某电影院举办了一次漫画展览会,发现乐以琴和几个空军看画展。此是乐在我的作品前和我留影,四人中那个大头画的就是乐以琴……当时我们为我国空军奋起抗敌所感动,乃作此画。"

以琴在空中像一只凶猛的饿鹰,扑击敌人,毫不手软。但是离开空中战场,对待已经战败的俘虏,就宽宏大量,懂得攻心。以琴在航校同期的同学、第二十三中队分队长王倬曾忆述一段经过:"当时我方对待受伤的敌俘房是很优待的,和我们的伤员享受同样的医疗待遇。有一次我和以琴去医院看望被他击落的敌机上捕获的俘虏冈本纯一。当我们走进病房时,敌俘看见我们身着飞行人员的军装,很害怕。我们走到病床前与之握手,因言语不通,以琴起笔在纸上写出:'昨天在天空,我们各自为国家,是敌人。今天在病房,我们是朋友了。知道你一条腿受了伤,带了一些水果和点心来看你,你不要怕,好好调养。'敌俘会意后很受感动,转忧为乐,也写了'非常尊重',表示感激,眼泪夺眶而出,低下了头。"

五、为国捐躯,浩气长存

一九三七年底,南京失守前夕,我空军战士们为保卫首都,住在南京中山陵图书馆后的丛林中隐蔽。日寇除集中大批陆军进攻南京城外,又增援飞机成天空袭轰炸。当时以琴住地能上天作战的飞机,东拼西凑

也不到二十架，机种也不统一，无论在数量上、速度上、性能上均不如敌空军，但我国空军战斗员的热血是沸腾的。

某天，敌人调来九六式战斗机三十多架进犯南京。我空军立即起飞迎战。乐以琴原来驾驶的赫赫有名的"2204"战斗机，早已损坏。这天他驾驶了一架水牛式意大利战斗机"菲亚特"，升入高空截击敌机。这是一场悲壮的空战，敌机数十倍于我，火力甚强，我空军处于劣势但仍努力拼杀。以琴的飞机，因水箱、油箱均已中弹，冒出浓烟，往下坠落。他不得已被迫跳出座机，为避免成为枪靶，跳下时先未拉开降落伞，直线下落，待要开伞时，身体已触地面，就这样牺牲了。他为保卫祖国洒下了最后一滴血，时年仅二十三岁。

以琴弟为国捐躯后，当时国民政府教育部将他的抗日英勇事迹编入了小学国文课本，用以对下一代进行爱国主义教育。在航空委员会出版的《空军抗战三周年纪念专册》中，周至柔将军特撰文，表彰乐以琴在对敌空战中，不成功便成仁、忠勇卫国、视死如归的精神，深堪钦佩。同时赞扬他胆识过人，技术超群，创下了空战最高纪录，在全世界空战史上留下了光辉灿烂的一页。

以琴牺牲时，家人尚不知道，直到一九三八年武汉失守前夕，乐以钧才得到消息，奔赴武汉办理后事。经以琴生前航校三期同学黄光汉、李森云、刘宗武等友人的帮助，领取抚恤金一万一千多元大洋，接受遗物后返川。为怕高堂悲恸，不敢禀告，托人暗将恤金在郫县购买了一百七十亩水田。后来母亲还是知道了，主张将恤金购置的田产，连同父亲购置的一百五十亩水田，一并捐赠芦山县伯英中学，作为办学基金。

据当时曾在新四军江北游击纵队特务营工作的秦楚同志回忆，乐以琴在抗战中表现出的英雄业绩，受到中国共产党的重视，共产党在新四

军中开展过学习活动,尤其是在新四军青年突击队组织中,大力宣扬他的英勇事迹,把他作为学习的典范。

抗战胜利以后,中央电影摄制场还曾以壮烈牺牲的乐以琴、阎海文、沈崇诲三位空军英雄为中心题材,拍摄了一部具有高度爱国主义精神的教育影片——《长空万里》,激发全国人民的爱国热情。

又据友人刘承熙告知:20世纪50年代初期,他就读于南京某军事院校时,曾在中山陵右后侧的紫丁和柏杉的丛林中,看到了抗日英雄乐以琴等的墓地。碑文上署有中共周恩来、董必武和爱国将领冯玉祥以及一些国民党高级将领的题词。这个墓和碑建立于何时,尚不知晓,姑志待证。

现在,以琴的原籍芦山县人民,对烈士的爱国主义光辉形象和英勇事迹,十分崇敬和缅怀,当地党政领导和有关部门正在筹备,拟为乐以琴烈士设计记功勋,并将其功勋编入县志,永铭金石,教育后代。

一九八五年九月

附六：

乐以琴生平简历

公历	民国纪年	干支岁次	年龄	在何处	简况或主要事迹	根据	备注
1914春	三	甲寅	0	芦山	出生	1. 郁于三《怀念乐以琴》 2. 骆秉魁谈话记录	乳名寅生
1920	九	庚申	6	芦山	发蒙入小学	骆秉魁谈话记录	学名乐以钟
1926	十五	丙寅	12	〃	小学毕业		据当时学制推算
1926秋	〃	〃	〃	雅安	明德初中第五班入学	山文俊、陆雁秋讲述	
1929夏	十八	己巳	15	〃	明德初中毕业		
1929秋	〃	〃	〃	成都	入华西协合高中	胡冶钧《回忆乐以琴》	
1932初	二十一	壬申	18	去南京	参加全运会	乐以簌谈话记录	其时乐以钟高中尚未毕业
1932春末	〃	〃	〃	南京、上海	全运会因"一·二八"淞沪抗战发生而停办，先去上海，后去济南	〃	
1932秋	〃	〃	〃	济南	考入齐鲁大学理学院	山东医学院来信	更名乐以琴
〃	〃	〃	〃	〃	报考笕桥航校被录取	王倬来信	
1933春	二十二	癸酉	19	杭州高桥	入伍受陆军训练六个月	〃	未入伍期间在齐大学习，临入伍时转学的

续 表

公历	民国纪年	干支岁次	年龄	在何处	简况或主要事迹	根据	备注
1935 初	二十四	乙亥	21	笕桥	航校第三期毕业后在驱逐队见习半年	"	
1936	二十五	丙子	22	南昌	空军扩编,以琴编入四大队,二二中队任少尉分队长、机号"2204"	吴鼎臣、王倬来信	该机系美国 Curtis 厂出品,名 Hàwk Ⅲ 鹰式双翼单座战斗机
1937 年 8 月	二十六	丁丑	23	周家口笕桥	由周家口调防笕桥和敌机木更津队遭遇,第一次空战,击毁敌机 4 架	1.郁于三《怀念乐以琴》 2.王倬来信	
1937 年 8 月	"	"	"	笕桥	敌增援部队在吴淞口、张家浜一带登陆,我空军奉命阻击,此役歼敌千余人,乐以琴又立战功	王倬来信	当时我空军战士住南京中山陵图书馆,这段时间,空战频繁,常有任务
1937 年 8 月 21 日	二十六	丁丑	23	"	在东线战场上空击落敌机 2 架	郁于三《怀念乐以琴》	
1937 年 8 月下旬	"	"	"	"	在浦东上空"2204"座机被敌机击毁,以琴跳伞,安全返队	王倬来信	

续 表

公历	民国纪年	干支岁次	年龄	在何处	简况或主要事迹	根据	备注
1937年9月7日	"	"	"	南京中央医院	乐以琴同王倬一道去医院慰问受伤同学吕基淳，与此同时，还看望了被自己打下的俘虏冈本纯一，使对方很受感动	"	
1937年10月	"	"	"	南京	南京保卫战中，在敌众我寡的情况下，乐以琴的座机（意大利水牛式"菲亚特"战斗机）被击坏，被迫跳伞，坠机牺牲	王倬、吴鼎臣来信	

附七：

芦山乐氏家谱

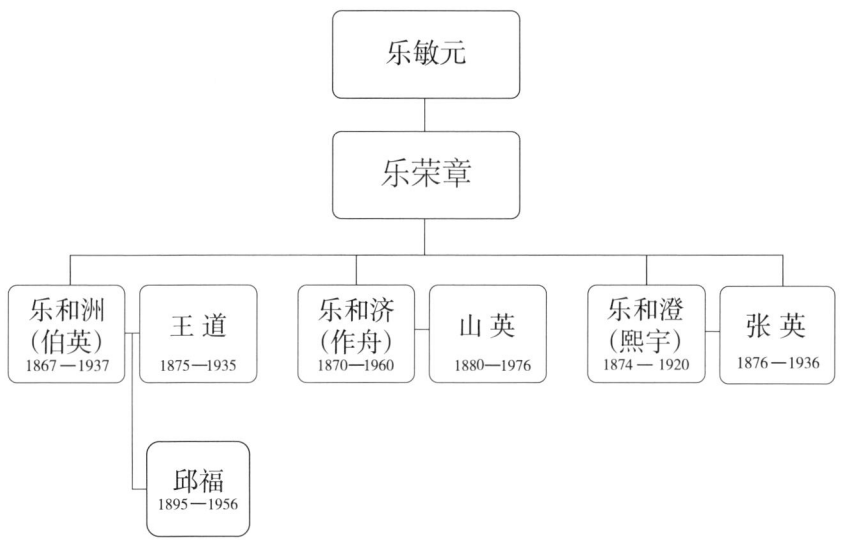

说明：● 为女性成员

声明：本家谱由乐氏后人吴大勇整理提供，出版社对家谱内容的真实性、准确性、完整性不承担任何责任。

```
                    乐和洲
                   （伯英）  —— 王道
    ┌──────┬──────┬──────┼──────┬──────┐
  乐以壎   乐以成   乐以熙   乐以纯(琴) 乐以清
 1900—1967 1904—2001 1905—1975 1910—1993 1917—1983
  余淑德   谢锡琛   李尚英   竹芷君   杨种德

  乐近敏   谢蜀祥   李国平   乐近慧   杨 瑾
          李维礼   王友珍   何仲由

  乐近孝   谢蘭祥   李国学   乐近英   杨 峻
                  张建祥   张铮铮

  乐近忠   谢樵祥   李国成   乐近凯   杨 平
                  王现华

  先正容           李国定   乐近波   杨 健
  （续弦）         王怀秀   单绍斌

  乐近巍           李国治   乐近伟
                  吴燕彬

  乐近虹           李国治
                  吴燕彬

                  李国书
                  彭传孝

                  李国冲
                  杨兆茹
```

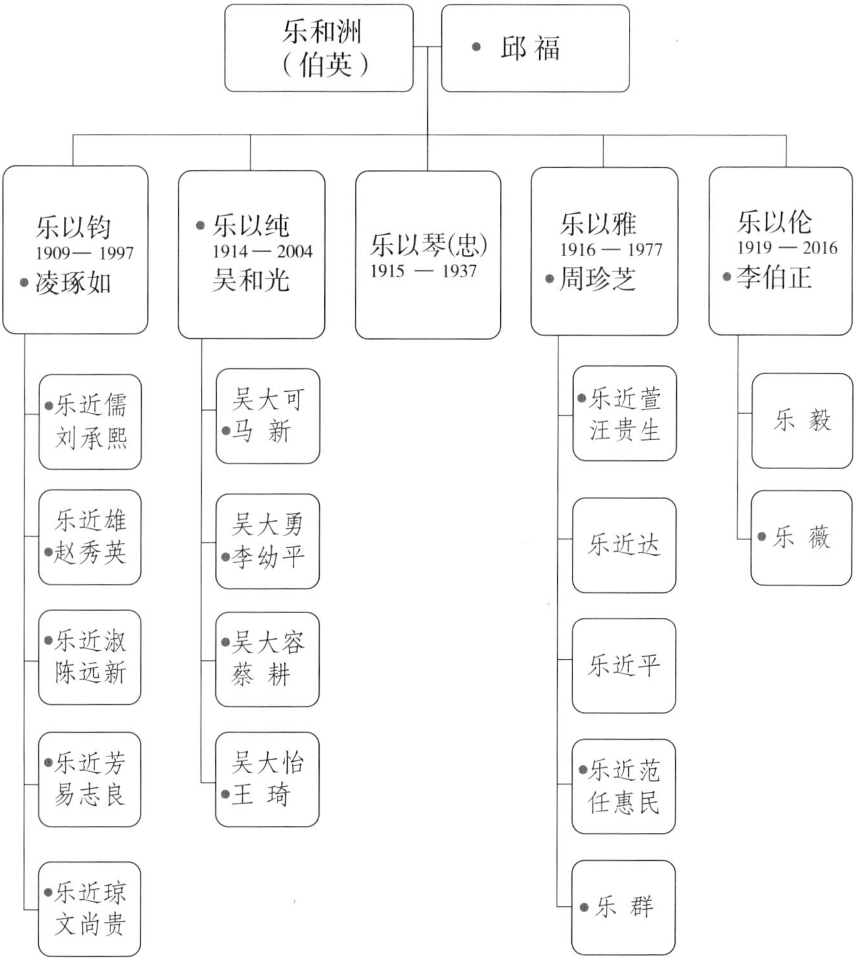

```
                    ┌──────────┐    ┌──────┐
                    │ 乐和洲   │────│• 邱福│
                    │ （伯英） │    │      │
                    └────┬─────┘    └──────┘
        ┌────────┬───────┼────────┬────────┐
   ┌────┴───┐ ┌──┴───┐ ┌─┴────┐ ┌─┴────┐ ┌─┴────┐
   │ 乐以钧 │ │•乐以纯│ │乐以琴│ │乐以雅│ │乐以伦│
   │1909—1997│ │1914—2004│ │(忠)  │ │1916—1977│ │1919—2016│
   │•凌琢如 │ │ 吴和光 │ │1915—1937│ │•周珍芝│ │•李伯正│
   └────┬───┘ └──┬───┘ └──────┘ └─┬────┘ └─┬────┘
```

- 乐以钧 1909—1997 •凌琢如
  - •乐近儒 刘承熙
  - 乐近雄 赵秀英
  - •乐近淑 陈远新
  - •乐近芳 易志良
  - •乐近琼 文尚贵

- •乐以纯 1914—2004 吴和光
  - 吴大可 •马 新
  - 吴大勇 •李幼平
  - •吴大容 蔡 耕
  - 吴大怡 •王 琦

- 乐以琴(忠) 1915—1937

- 乐以雅 1916—1977 •周珍芝
  - •乐近萱 汪贵生
  - 乐近达
  - 乐近平
  - •乐近范 任惠民
  - •乐 群

- 乐以伦 1919—2016 •李伯正
  - 乐 毅
  - •乐 薇

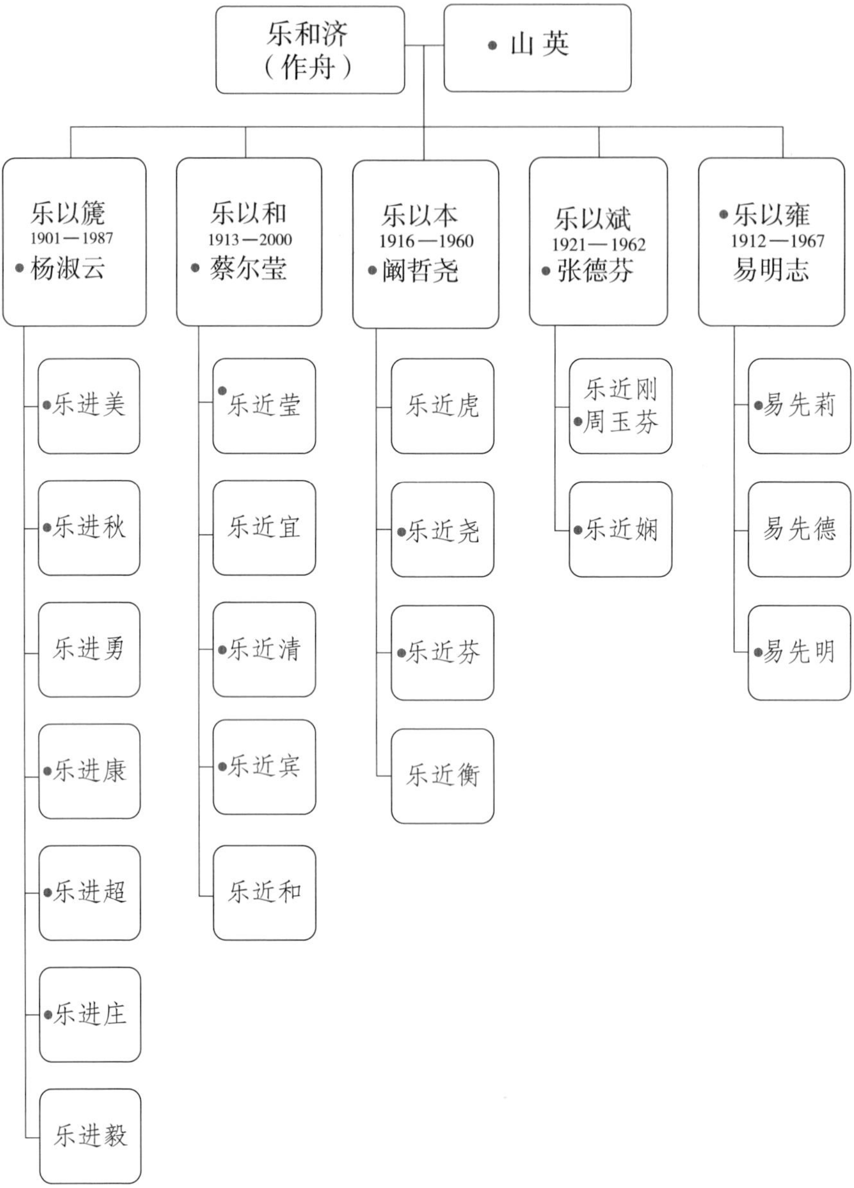

```
                    ┌─────────────┐     ┌─────────┐
                    │  乐和济     │─────│ •山英   │
                    │ （作舟）    │     │         │
                    └──────┬──────┘     └─────────┘
        ┌────────────┬─────┴──────┬────────────┬────────────┐
   ┌────┴────┐  ┌────┴────┐  ┌────┴────┐  ┌────┴────┐  ┌────┴────┐
   │ 乐以篪  │  │ 乐以和  │  │ 乐以本  │  │ 乐以斌  │  │•乐以雍  │
   │1901—1987│  │1913—2000│  │1916—1960│  │1921—1962│  │1912—1967│
   │•杨淑云  │  │•蔡尔莹  │  │•阚哲尧  │  │•张德芬  │  │ 易明志  │
   └────┬────┘  └────┬────┘  └────┬────┘  └────┬────┘  └────┬────┘
   ┌────┴────┐  ┌────┴────┐  ┌────┴────┐  ┌────┴────┐  ┌────┴────┐
   │•乐进美  │  │•乐近莹  │  │ 乐近虎  │  │ 乐近刚  │  │•易先莉  │
   └────┬────┘  └────┬────┘  └────┬────┘  │•周玉芬  │  └────┬────┘
   ┌────┴────┐  ┌────┴────┐  ┌────┴────┐  └────┬────┘  ┌────┴────┐
   │ 乐进秋  │  │ 乐近宜  │  │ 乐近尧  │  │ 乐近娴  │  │ 易先德  │
   └────┬────┘  └────┬────┘  └────┬────┘  └─────────┘  └────┬────┘
   ┌────┴────┐  ┌────┴────┐  ┌────┴────┐                ┌────┴────┐
   │ 乐进勇  │  │•乐近清  │  │ 乐近芬  │                │•易先明  │
   └────┬────┘  └────┬────┘  └────┬────┘                └─────────┘
   ┌────┴────┐  ┌────┴────┐  ┌────┴────┐
   │•乐进康  │  │•乐近宾  │  │ 乐近衡  │
   └────┬────┘  └────┬────┘  └─────────┘
   ┌────┴────┐  ┌────┴────┐
   │•乐进超  │  │ 乐近和  │
   └────┬────┘  └─────────┘
   ┌────┴────┐
   │•乐进庄  │
   └────┬────┘
   ┌────┴────┐
   │ 乐进毅  │
   └─────────┘
```

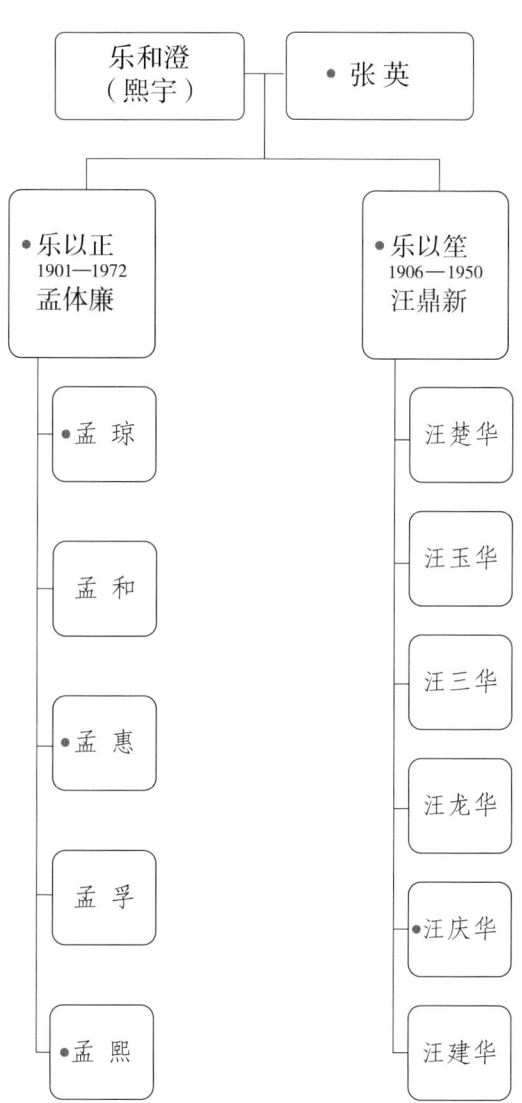

233

后记

小时的"写家梦",一起伴随着我从青丝到白头。

1985年,第一篇作品见报,至今已有40个年头;创作出版第一本书,至今已有20个年头。如今已有10多部图书作品出版,有获奖的,有修订再版的,但总觉得拿不出手。

拿不出手还得"拿",不然,"写家梦"就做不下去了。

伴随着"写家梦"一路走过来的,就是写一本"乐以琴的书"。

为什么要写乐以琴?虽然相隔半个世纪,我小乐以琴刚好50岁,但我和他是同饮一条芦山河水长大的。

"就近打深井",是作家的创作源泉。

2005年8月,《四川日报》发表了我和该报记者郑汝成合写的《乐以琴长空击敌名存青史》一文,在我看来,尽管篇幅

不小,但那也只是一篇文章,还不是"乐以琴的书"。

从青丝到白头,写一本"乐以琴的书",这个执念一直刻在我心头。

虽然心心念念,但我迟迟不敢动笔。原因很简单,担心自己积累不够,写得出来但"拿不出手"。

又过了10年,我依然没有动笔。这年是抗日战争胜利70周年,也是乐以琴被列入首批300名著名抗日英烈和英雄群体名录的第二年,在单位和乐氏后人的支持下,我踏上追访乐以琴抗战出川路的行程。

在烽火连天的抗日战争时期,作为抗战大后方的四川,四川人民为中华民族伟大复兴做出了重大贡献,在抗战军队中,每五六人就有一个是"川军",从而有"无川不成军"之说。在出川抗战的350多万"川军"中,有64万多人伤亡。其参战人数之多,牺牲之惨烈,居全国之首。在首批300名著名抗日英烈和英雄群体名录中,有12名川籍抗日英烈。

乐以琴,是伤亡"川军"64万多人中的其中一人;乐以琴,是"川籍抗日英烈"12人中的其中一人。

从四川到华中,从华中到华东,从华东到江南,再从江南回到四川,我一路追访一路思索——

当年大山深处的芦山,为什么会出现乐氏这样的"高知大家庭"?

当年连公路都没有一寸的芦山,为什么能走出"飞将军"乐以琴?

一方水土养一方人。虽然我不能说,没有芦山,就没有乐家;但我敢说,没有乐家,就没有乐以琴!

是乐家造就了在"以"字辈17兄妹中,就有14个大学生,而在14个大学生中,就有三个投笔从戎、视死如归的铁血抗日军人。

追访归来,我开始创作"乐以琴的书"。

遗憾的是,由于时代久远,很多可歌可泣的往事,已是"碎片化"的片断;很多壮怀激烈的情怀,已在无言的岁月中时隐时现……

我无法再写下去。无奈之下,我只得离开键盘,又开始艰难的追寻。

一出版社编辑觉得我写得太苦,建议我不用非虚构写作,以小说的体裁来创作,放飞想象的翅膀,不但好写,还更有可读性,也许读者更喜欢。

但我谢绝了这位编辑的好意。我想的是,尽可能地还原一段真实的历史，纵然费力不讨好，我也要讲述一个尽可能接近历史真相的真实故事。

苍天不负有心人，在经历无数次寻访空手而归之后，我终于寻觅到了一些蛛丝马迹——

感谢20世纪80年代新中国成立后的第一轮"修志"，《芦山县志》的编写人员胡冶钧、殷定宇、王成福等人收集的大量史料和追访线索，让我少走了很多弯路。

感谢乐氏家族"以"字辈后的"近""大""同"字辈的乐近孝、乐近儒、乐近雄、乐近琼、乐近范、乐近刚、乐近衡、乐近虎、吴大可、吴大勇、邱龙、乐大海、乐大伟等乐氏后人，姜明、赵晓梦、黄勇、贺志国、黄昆、高永洪、朱文华、郑国君、张泓、王先忠、张滨、周琨、朱玉超、杨铧、陈果、廖云松、杜娟、钟春燕、李国斌、戴伟、杨青、刘南康、吕玉刚、徐晓虎、汪小双、马建博、董敏雷、唐晓琴、倪子尧、邓存琚、徐敏、骆志勇、程奇文、舒亚宁、刘宁琦、刘正力、王光荣等各界热心人士，有的提供了很多珍贵的文献和影像资料，有的提供采访线索，有的在审读初稿后，提出了很好的修改意见。

素昧平生的四川大学教授丘小庆，将他创作的《乐以琴壮

烈牺牲》油画作品无偿提供，让我在书中使用。

正是有了他们的支持，"乐以琴的书"在时断时续中得以完成。

在此期间，乐以琴铜像在他昔日就读的雅安明德中学旧址落成，"乐以琴生平事迹暨乐氏家风展"在芦山建成开馆，乐氏故居、乐家碉楼也进行了修缮，成为家风传承、爱国主义教育的场所。乐以琴英烈的故事，已在雅安大地上广为传颂。

在成都华西坝长大的谭楷先生得知我正在创作"乐以琴的书"时，将书稿中的其中一部分改写后，放到他的《华西坝的钟声》一书中，并在《四川文学》杂志（2023年第8期）上刊发，他还欣然为本书作序。

雅安市委党校副校长、副教授勒伟受出版社委托，认真审读，提出了很多宝贵修改建议。成都时代出版社副总编辑庞惊涛、责任编辑张巧也为本书的出版付出了很多心血。

芦山县委宣传部、芦山县委党史研究室、雅安市作协、芦山县文联、芦山县作协等部门和单位也为本书的创作和出版，给予了支持。

写书不易，出书更不易。我还要特别向四川省报纸副刊研究会、雅安市社会科学界联合会鸣谢。四川省报纸副刊研究会从 2024 年起，扶持四川省报纸副刊记者出版图书，首批获得扶持的，是我和《华西都市报》记者张杰分别创作的《南京上空的孤鹰》和《和 25 位作家朋友聊聊》两本书；雅安市社科联对《南京上空的孤鹰》的出版发行，也给予了相应的资助。

十年磨一剑，而我一生还磨不了这一剑的话，实在是有些说不过去。

"乐以琴的书"，虽然还是"拿不出手"，但我知道，再也拖不下去了，时不我待，丑媳妇终要见公婆。

去年是乐以琴诞辰 110 周年，今年是抗日战争暨世界反法西斯战争胜利 80 周年，"乐以琴的书"——《南京上空的孤鹰》终于即将出版。

读者永远是作者的老师。恳请读者多提宝贵意见，以便再版时修订完善。

高富华

2025 年 6 月于雅安